dtv
premium

Luo Lingyuan

Wie eine Chinesin schwanger wird

Roman

Deutscher Taschenbuch Verlag

Von Luo Lingyuan
sind im Deutschen Taschenbuch Verlag erschienen:
Du fliegst jetzt für meinen Sohn
aus dem fünften Stock! (24451)
Die chinesische Delegation (24565)
Nachtschwimmen im Rhein (24629)
Die Sterne von Shenzhen (24689)

FSC
Mix
Produktgruppe aus vorbildlich
bewirtschafteten Wäldern und
anderen kontrollierten Herkünften

Zert.-Nr. GFA-COC-001298
www.fsc.org
© 1996 Forest Stewardship Council

Der Inhalt dieses Buches wurde auf einem nach den
Richtlinien des Forest Stewardship Council zertifizierten
Papier der Papierfabrik Munkedal gedruckt.

Originalausgabe
Oktober 2009
Deutscher Taschenbuch Verlag GmbH & Co. KG,
München
www.dtv.de

Umschlagkonzept: Balk & Brumshagen
Umschlagfoto: Trevillion Images/David Gibson
Satz: Greiner & Reichel, Köln
Gesetzt aus der Sabon 10,25/13,5'
Druck und Bindung: Kösel, Krugzell
Gedruckt auf säurefreiem, chlorfrei gebleichtem Papier
Printed in Germany · ISBN 978-3-423-24744-3

Meinen Eltern in Dankbarkeit

Inhalt

1. Kapitel

»Du musst erst einmal essen lernen«

Die Morgensonne sticht durch die Dunstglocke und verwandelt die Wolkenkratzer in goldene Lichttürme. Der Perlfluss, in dem sich dunkelgrüne Wasserströmungen wälzen, glitzert, als wären in der Nacht alle Sterne vom Himmel hineingefallen. Alles vibriert in dieser Stadt: die Luft, die Straßen, die Autos, so dass Robert Wettstein sich fühlt, als ob er in einem pochenden Herzen herumliefe. Er ist froh, dass er sich heute Morgen nach dem Aufwachen fürs Joggen entschieden hat und ganz allein losgerannt ist.

Auf der Promenade am Fluss gibt es viel zu entdecken. Was machen die Menschen zu dieser Stunde? Sie üben Tai Chi, sie tanzen, sie stehen zusammen und schwatzen, manche erproben ihre Stimmen am Wasser, andere befingern das frische Gemüse, das die Nachbarin eingekauft hat ...

Wie schnell sich das Leben verändert. Vorgestern saß er noch in seiner Wohnung in Berlin auf der Heizung, um sich den Hintern zu wärmen, während draußen der Schnee von den Ästen tropfte, und heute spürt er den warmen Südwind von Kanton im Haar. Seit gestern Abend sind sie in China, und Robert ist der Stadt augenblicklich verfallen. Wie schön, dass es hier im Februar noch wärmer ist als in Italien. Deswegen rennt er jetzt auch unter den immergrünen Bäumen auf der Uferpromenade entlang, während unter ihm links der Fluss und rechts die silberglänzenden Autos vorbeiziehen.

Aber wie kommt es, dass er in dieser fremden Welt keine Angst spürt? Weil er einen Kopf größer ist als die anderen? Oder weil die Chinesen so offensichtlich im Frieden mit sich und der Welt zu sein scheinen? Vielleicht beides.

Auf einmal spürt der geübte Marathonläufer ein Grummeln in seinen Eingeweiden und vergrößert die Laufschritte. Gestern, kaum waren Tingyi und er angekommen, ist die ganze Familie ins nächste Sichuan-Restaurant ausgeschwärmt, um die Ankunft der beiden jungen Leute zu feiern und gemeinsam zu schmausen. Ein Feuertopf wurde bestellt und dampfte die ganze Zeit auf dem Tisch. Alles, was durch den Topf gegangen war, brannte feurig und scharf auf der Zunge. Es schmeckte Robert so gut, dass er Fleisch und Gemüse in rauen Mengen verdrückt hat. Und von allen wurde er für seinen geschickten Umgang mit Stäbchen gelobt! Jetzt jedoch macht sich das ungewohnte Essen bemerkbar.

He, murmelt Robert und schwingt die Arme und Beine noch höher, ich jogge für euch, damit ihr euch schneller an China gewöhnt.

Aber der Bauch und die Därme wollen nicht hören. Was eben noch ein unbestimmtes Grummeln war, wird jetzt zur entschiedenen Warnung. Es blubbert und brodelt in seinem Inneren, als arbeite dort eine fleißige Abwasserpumpe. Kein Zweifel, Robert steht unter Druck! Und das gleich an beiden Enden. Mensch! Wo soll er jetzt hin? Auf der Promenade gibt es offenbar keine Toilette. Und wen soll er fragen? Er kann doch kein Wort Chinesisch …

Der Sportler presst seine Muskeln zusammen und versucht seine Würde zu wahren. Was er sucht, muss auf der Ebene unter der Promenade zu finden sein. Das sagt sein erprobter Instinkt. Die nächste Treppe, die nach unten führt, stürmt er so hastig hinunter, dass er beinahe ins Leere tritt und auf die Steinplatten fällt. Als er taumelnd die Straße erreicht, sieht er auch schon seine Rettung: Ein kleines gekacheltes Häuschen mit den zwei typischen Eingängen und verkleideten Fensterschlitzen, die so schmal sind, dass keiner hineinschauen kann.

Auf dem betonierten Boden davor, ein wenig abseits der Treppe, hockt der Verwalter, ein Mann im mittleren Alter, und breitet Süßkartoffelstreifen zum Trocknen aus, damit sie alle genügend Sonne kriegen. Er wohnt mit seiner Familie in der winzigen Wohnung unmittelbar neben dem »Etablissement«, und es bleibt ihm gar nichts anderes übrig, als den von Blumenbeeten umgebenen Vorplatz für seine Haushaltszwecke in Anspruch zu nehmen. Als er sich zu seinem Gast umdreht, den Zeigefinger hochhält und »einen Yuan« sagt, ist Robert bereits in den dunklen Räumlichkeiten verschwunden.

Es sind kaum zwei Sekunden vergangen, da hört man explosive Geräusche aus dem Inneren des Häuschens. Der Chinese muss kichern und sagt zu seiner Frau, die in der Wohnung das Frühstück bereitet: »Der Westler hat eine große Bauchtrommel. Wäre das in der Nacht passiert, hätte man gedacht, der Teufel wäre da in der Hütte.«

Als sich das Donnern ein wenig gelegt hat, ruft der Verwalter ins Häuschen: »Brauchst du womöglich Papier?«

Robert versteht nichts, aber es ist ihm klar, dass der Mann da draußen mit ihm gesprochen hat. Denn bei der geringen Größe des Bauwerks braucht er keinen zweiten Blick, um sich zu vergewissern, dass er der einzige Gast ist. Er vermutet, dass der Chinese sein Geld haben will. Aber er hat heute Morgen außer dem Zettel mit der Adresse von Tingyis Eltern nichts in die Tasche gesteckt. Nicht einmal ein paar Taschentücher, die er jetzt gut brauchen könnte. Mit zusammengepresstem Hintern zieht der junge Mann vorsichtig seine Shorts hoch, als bewahrte er ein frisch geschlüpftes Küken darin, drückt auf die Spülung und tritt wortlos hinaus.

»Tut mir leid. Ich habe kein Geld bei mir«, sagt Robert errötend auf Deutsch und stülpt seine Hosentaschen nach außen. Als der Toilettenverwalter sich mit einem Lächeln nähert, springt Robert wie ein Hirsch die Treppen hinauf und rennt weg.

»Auch Beine hat er doppelt so lang wie wir«, meint der kleine Chinese und schaut dem Flüchtling kopfschüttelnd nach, »und beide behaart wie ein Affe.«

Tingyis Eltern wohnen in einem neuen, zwanzigstöckigen Hochhaus, haben sich aber vorsichtshalber eine Wohnung in der dritten Etage genommen. Die uniformierten Pförtner lassen ihn ohne weiteres passieren, die Gittertür aus Stahl ist nur angelehnt und die eigentliche Wohnungstür steht sperrangelweit offen, als Robert zu Hause ankommt. Er tritt leise ein, und als er Tingyis Mutter sieht, die gerade die Fliesen kehrt, sagt er »Ni hao«, wie er es gestern gelernt hat. Sie lächelt ihn an und meint auf Chinesisch: »Du siehst ein bisschen verschwitzt aus.«

Robert lächelt zurück, macht einen vorsichtigen Bogen um seine Gastgeberin und verschwindet eilig im Bad. Bald hört man die Dusche rauschen. Kurz darauf schleppt sich Tingyi ins Wohnzimmer und kratzt sich die verwuschelten Haare. Ihr Gesicht ist rund und erinnert fast an ein Kind. Ihre Augen sind noch so schmal wie Kürbiskerne vom Schlaf, und ihr Blümchenpyjama sitzt schief. Es sieht aus, als möchte sie am liebsten gleich wieder ins Bett kriechen. »Wo kommt denn diese laute Musik her?«, jammert sie. »Selbst ein Gehörloser fällt ja bei diesem Krach aus dem Bett. Und dann auch noch *Carmen, My Bonnie Is Over The Ocean* und *Hänschen klein.*«

»Nun ja, der Kindergarten will eben auch sein internationales Niveau zeigen«, lächelt die Mutter. »Wir sind auf der

Höhe der Zeit. Die Vorschulkinder lernen jetzt Englisch.« Li Hong ist eine ehemalige Lehrerin. Ihre Haut ist vom Alter schon dunkel und hat ein paar Fältchen, aber wenn sie die Tochter sieht, scheint sie von innen zu leuchten wie eine Kerze. »Hör einfach weg. In einer Stunde ist es vorbei.« Sie führt die Tochter in die Küche und zeigt ihr, was sie fürs Frühstück gekauft hat. Ob es das Richtige ist, will sie wissen.

»Wir werden gleich sehen, was Robert schmeckt«, meint die Tochter und steckt sich einen *Baozi* in den Mund. »Mmmh, die esse ich ewig gern.«

Vater Sui Kang ist schon lange auf. Er macht seine Morgengymnastik auf dem Balkon und lässt sich von den Geräuschen hinter seinem Rücken nicht ablenken. Der dünne Mann mit der runden Brille sieht nicht nur so aus, sondern ist auch wirklich ein Buchhalter. Seit er in Rente ist, macht er die Steuererklärung für kleine private Betriebe. Jedes Jahr hat er mehr Kunden. Als ihn die Tochter begrüßt, brummt er freundlich und macht seine Dehnübung weiter. Neben ihm schlägt eine Henne, deren Fuß mit einer Leine ans Geländer gebunden ist, aufgeregt mit den Flügeln, als müsse sie dringend wegfliegen.

Tingyi räkelt sich auf der Bank, die unter der großen Tafel mit den Familienfotos im Wohnzimmer steht, und blättert in der Zeitung, die neben ihr liegt. Aber ihre Mutter hat etwas anderes für sie zu tun. »Schau lieber mal nach dem Rettichkopf«, sagt sie. »Er kam vorhin rein, als hätte er Feuer unter den Füßen. Jetzt ist er schon ewig im Bad.«

Gestern beim Abendessen wollte Tingyi ihren Verwandten den Namen »Robert« beibringen. Die Eltern gaben sich auch alle Mühe, aber was die Mutter am Ende sagte, war *Luobutou*, und das heißt nun mal »Rettichkopf«. Das gefiel allen, auch wenn Robert mit seinen fünfunddreißig Jahren kein kleiner Junge mehr ist.

Tingyi hat Hunger. Wann kommt der Bursche endlich zum

Frühstücken? Sie geht zur Badezimmertür und horcht. Man hört nur das Wasser im Waschbecken plätschern. »Roloko, alles in Ordnung?«

»Ja.« Der Wasserhahn wird weit aufgedreht und übertönt Roberts Stimme.

»Was machst du so lange? Willst du das Bad putzen? Meine Eltern werden sich freuen.« Sie drückt auf die Klinke. Nichts rührt sich.

Robert öffnet die Tür einen Spalt weit von innen. Ein strenger Geruch weht Tingyi entgegen, so dass sie den Kopf wegdrehen möchte. Der Anblick, den ihr Freund bietet, bringt sie jedoch zum Lachen: Er steht splitternackt vor dem Waschbecken und wäscht mit voller Kraft seine Hosen.

»Hast du Durchfall?«, fragt Tingyi.

»Ja.« Vor lauter Verlegenheit wäscht Robert noch heftiger.

»Haben die Chilischoten dich umgehauen?« Tingyi stellt sich auf Zehenspitzen, um ihn zu küssen. Eigentlich reicht sie ihm nur bis zur Brust, aber wenn beide sich Mühe geben, kommen ihre Lippen doch immer zusammen. Dann öffnet Tingyi das Fenster und beginnt den nassen Boden zu wischen. Dabei schaut sie immer wieder zu ihrem Freund. Er hat eine gute Figur. »Ich muss noch ein paar Aktfotos von dir machen. Dein Po ist knackig wie Serrano-Schinken.« Tingyi ist Fotografin – und Feinschmeckerin. Sie isst für ihr Leben gern gute Sachen.

»Für dich tu ich alles, mein Herzchen«, sagt Robert. Man merkt, dass sich die beiden gut leiden können. Er muss lachen, als er weiteres Apfel-Shampoo ins Waschbecken spritzt.

»Gut. Dann können wir jetzt endlich essen«, meint Tingyi.

»Nee, nicht schon wieder!«, sagt Robert.

»Keine Sorge. Beim Frühstück gibt es nur harmlose Sachen«, beschwichtigt Tingyi. Sie hält ihm eine Plastikschüssel hin und gibt ihm mit einer Kinnbewegung zu verstehen, dass er die Wäsche da reintun soll. »Wir haben doch eine Maschine.«

»Ich weiß nicht, ob deine Eltern mit einer solchen Wäscheladung einverstanden sind«, zögert Robert.

»Ach, komm. Ich verpetz' dich doch nicht.«

Als das Bad praktisch nur noch nach Apfel-Shampoo und Reinigungsmitteln riecht und die Waschmaschine zu summen beginnt, kann die Familie sich an den runden Tisch mit der Drehscheibe setzen. Tingyis Mutter hat verschiedene Leckerbissen gekauft. Alle langen kräftig zu, nur Robert nippt wie ein fastender Mönch an seinem Schwarztee mit Milch und rührt sonst nichts an. Aber er macht keinen leidenden Eindruck. Im Gegenteil, er schwärmt von dem, was er auf seinem Ausflug gesehen hat. Die unbekannten Bäume mit lang herunterhängenden Bärten, die bunt gekleideten Kinder, das elegante Panorama von Kanton, das sich vom südlichen Ufer des Perlflusses darbietet ...

Tingyi hört mit einem halben Ohr zu und schlürft genüsslich ihre Wintermelonensuppe mit Fleischbrühe. »Wieso bist du so früh aufgestanden? Mich hat der lange Flug schrecklich müde gemacht.«

»Die Henne hat so gegackert, da konnte ich nicht mehr schlafen. Ich wollte die Stadt sehen.«

»Aha, die Henne. Idyllisch bei meinen Eltern, nicht wahr? Ein Geschenk meiner Tante vom Land«, kichert Tingyi. Sie ist wie ein Schulmädchen, denkt Robert. Und ohne daran zu denken, dass ihre Eltern zuschauen, küsst er sie auf die Wange. »Aber sie wird nicht mehr lange gackern«, sagt sie. »Wenn mein Vater Geburtstag hat, kommt sie in den Topf.«

»Oh, nee! Von mir aus darf sie jeden Morgen vor unserem Fenster singen«, sagt Robert.

Die Szene mit dem flüchtigen Kuss hat der Mutter gefallen. »Tingyi, dein Rettichkopf liebt dich anscheinend sehr. Außerdem sieht er gut aus und ist kräftig gebaut. Ich denke, du kannst von ihm Kinder haben«, gibt sie ihr Urteil bekannt.

»Sogar, wenn ihr nicht gleich heiratet«, fügt sie dann leise hinzu.

»Mama, lass uns ein bisschen Zeit. Wir sind doch selbst fast noch Kinder«, jammert die Tochter.

»Hm, du benimmst dich zwar manchmal wie eine Zehnjährige, aber ein Kind bist du längst nicht mehr. Und dein Freund auch nicht«, sagt die Mutter. »Ich werde gleich herausfinden, ob dein Freund sich eine Familie wünscht.« Damit legt sie die Stäbchen beiseite und verschwindet im Schlafzimmer. Als sie zurückkommt, hat sie zwei bunt bemalte Keramikfigürchen in ihrer Hand. Beide sind nur daumengroß, halten aber ein haselnussförmiges Goldkügelchen auf den Armen.

Tingyi lacht. »Die sind aber drollig«, sagt sie. »Wo hast du die her?« Sie streckt die Finger nach den Figürchen aus.

Aber die Mutter lächelt nur Robert an. »Die schenke ich Rettichkopf.« Robert lächelt, weiß aber nicht, wie er das Geschenk einstufen soll. »Die sind schön«, sagt er. »Sind sie aus Schokolade?«

»Nein«, prustet Tingyi. »Das sind zwei Götter, die dem Haus Kinder und Reichtum bescheren sollen.«

Robert geht ein Licht auf, und er errötet. »Das ist sehr nett. Danke.« Behutsam trinkt er einen Schluck Tee. »Dann sind Kinder und Reichtum also dasselbe bei euch? Ich wünschte, so würden die Leute in Deutschland auch denken.«

Die Mutter ist begeistert. »Hast du gesehen, wie Rettichkopfs Augen strahlen?«, sagt sie zu ihrer Tochter.

Tingyi findet, dass sie ihre Mutter jetzt bremsen muss. »Mama, wenn du unbedingt Enkel willst, dann halt dich an meine Geschwister. Kinderkriegen ist doch kein Brötchenbacken.«

»Wir helfen dir schon«, sagt die Mutter, erläutert aber nicht, was sie damit meint. Schon hat sie sich Robert zugewandt. »Du musst essen.« Sie legt eine Sesamkugel auf seinen Teller, wo sich bereits verschiedene Leckerbissen angehäuft haben. Aber Robert greift einfach nicht zu. Eine kräftige Suppe zum Frühstück ist nicht sein Ding, und auch an normalen Tagen würde er morgens keinen Reis, kein gekochtes Gemüse, keinen Kuchen und keine frittierten Teigwaren essen.

Dass Robert nichts zu sich nimmt, gefällt Li Hong gar nicht. Wenn ein Kind nichts essen will, schrillen bei einer Mutter gleich die Alarmglocken. »Rettichkopf leidet an Appetitlosigkeit. Gib ihm von der Medizin, Vater«, sagt sie zu ihrem Mann.

Das Familienoberhaupt ist etwas reservierter gegenüber dem Gast. Seine beiden anderen Kinder sind längst verheiratet, nur Tingyi noch nicht, das gibt ihm zu denken. Schweigend geht er zum großen Wandschrank, öffnet eine der geschnitzten oberen Türen und holt ein Fläschchen *Huoxiang Zhengqi Shui* heraus. Diese »den Energiefluss begradigende Flüssigkeit« gibt er der Tochter. »Wenn er das ausgetrunken hat, wird es ihm wieder gut gehen.«

Tingyi gibt das Fläschchen an Robert weiter. »Das ist gut gegen Durchfall«, sagt sie. Robert mustert die vielen chinesischen Schriftzeichen. »Macht euch keine Sorgen«, sagt er. »Ich brauch nichts.«

Aber die Mutter lässt natürlich nicht locker. Sie weiß, dass Robert sie nicht versteht, umso mehr kriegt dafür die Tochter zu hören. »Gib du ihm die Medizin. Der Junge muss fit sein. Ihr habt ja noch einiges vor«, sagt Li Hong.

Tingyi gibt sich Mühe. Geduldig versucht sie, den Patienten zu überzeugen. Vielleicht hilft es ja, wenn sie ihm erklärt, was der Zaubertrank alles enthält? Aber bei den meisten Pflanzen kennt sie nur die chinesischen Namen, deswegen sagt sie bald wütend: »Ach, zum Teufel mit den Details. Ich sage dir, es hat immer geholfen.«

Aber Robert bleibt stur. Als Biologe kann er sich schon zusammenreimen, was in der Flasche ist, aber er will nun mal nicht. »Herzchen, wenn du mir sagen würdest, dass die Unsterblichkeit in der Flasche steckt, würde ich es dir sofort glauben. Aber Fasten ist nun mal besser für mich.«

An dieser Stelle scheint der Vater die Diskussionen nicht länger ertragen zu können. Er habe noch etwas zu tun, erklärt er und verschwindet mit der Zeitung im Arbeitszimmer. Tingyi stellt die Medizinflasche unauffällig zurück in den Schrank. Die Mutter geht in die Küche, um ein paar Reiswaffeln für den Magenkranken zu suchen. »Robert hat eigentlich eine eiserne Gesundheit«, sagt Tingyi. »Ich kenne ihn jetzt schon vier Jahre, und er ist noch nie ernstlich krank gewesen. Abgesehen davon hat er ja die teure *Yili*-Milch in den Tee gemischt, die du ihm mitgebracht hast, da wird er schon nicht verhungern.«

Aber die Mutter hat längst einen neuen Verdacht. So blass wie Robert aussieht, hat er sich bestimmt auch eine Erkältung geholt, weil er bloß mit Shorts und T-Shirt hinausgerannt ist. Er ist ganz verschwitzt nach Hause gekommen, das hat sie an seinem Rücken gesehen. Und jetzt hat er immer noch nicht viel mehr an, während sie und ihr Mann dicke Strickjacken tragen.

»Rettichkopf soll sich was Wärmeres anziehen. Du auch. Du siehst ziemlich zerknittert aus«, sagt Li Hong zu ihrer Tochter. Dann folgt sie ihrem Mann ins Arbeitszimmer, um sich mit ihm zu beraten, was abends gekocht werden soll. Sie ist fest entschlossen, die Henne schon heute zu schlachten. Eine gute Hühnerbrühe ist das beste Mittel, um einen geschwächten Körper zu stärken. Und dass Tingyi und Robert von der Kälte und der vielen Arbeit in Deutschland geschwächt sein müssen, liegt für Li Hong auf der Hand.

»Macht keine Umstände wegen uns. Robert ist nicht wählerisch«, ruft Tingyi ins Arbeitszimmer. Sie ist inzwischen fertig mit dem Frühstück und beschäftigt sich mit dem Stadtplan, um das Besichtigungsprogramm für den heutigen Tag vorzubereiten. Um den Familienfrieden wiederherzustellen, folgt sie ihrer Mutter ins Arbeitszimmer und fragt ihren Vater um Rat. Das gefällt dem alten Herrn sichtlich.

»Die Residenz von Präsident Sun Yat-sen«, sagt er nach einigem Nachdenken. »Da könnt ihr was lernen.« Er greift nach einem Blatt Papier und malt ihr mit einem Bleistift den Weg auf. Er fügt hier und da noch ein paar Schriftzeichen mit genaueren Erläuterungen hinzu, und als er endlich zufrieden ist, drückt er seiner Tochter das Blatt in die Hand. »Es ist gar nicht weit«, sagt er abschließend. Und obwohl sie auf dem Stadtplan längst ausgemacht hat, wo sich die ehemalige Residenz des berühmten Mannes befindet, nimmt Tingyi die Zeichnung des Vaters mit der gebührenden Ehrfurcht entgegen.

Robert bleibt nicht lange im Wohnzimmer sitzen. Er geht auf den Balkon und schaut auf die lebhafte Straßenkreuzung hinunter. Busse, Taxis, Privatautos, Radfahrer, Schubkarren und vor allem Fußgänger strömen vorbei. Nie sieht man weniger als vierzig Leute zugleich auf der Kreuzung. Sind schon ein tolles Volk, die Chinesen, denkt er vor sich hin. Man wird gar nicht müde, ihnen zuzuschauen.

»Kommt pünktlich zurück«, ruft Li Hong ihnen nach, als Tingyi und Robert eine Stunde später endlich die Wohnung verlassen. »Heute Abend kommt Tuya mit ihrer Familie. Dann gibt es was Gutes zu essen.« Tuya ist die jüngere Schwester von Tingyi. Sie wohnt drei Straßen weiter, aber tagsüber ist sie bei der Arbeit.

Kanton oder eigentlich *Guangzhou*, die Hauptstadt der südlichen Provinz Guangdong, ist eine Stadt mit zweitausendjähriger Tradition. Als die Europäer kamen und Handelsrechte mit China verlangten, durften sie hier mit Erlaubnis des Kaisers auf einer kleinen Insel im Perlfluss die ersten Handelsniederlassungen gründen, außerdem wurde in Kanton die Gründung der chinesischen Republik vorbereitet.

Robert hat gar nichts dagegen, erst einmal bei Tingyis Eltern zu bleiben. Das spart nicht nur Kosten, sondern gibt ihm zugleich das Gefühl, China aus erster Hand kennen zu lernen. Er freut sich schon mächtig darauf, in der Fakultät als »Chinaexperte« zu glänzen.

Die ehemalige Residenz des ersten Präsidenten der Republik China ist ein elegantes Gebäude im Kolonialstil. Ursprünglich hatte ein Zementfabrikant sie als seinen Wohnsitz erbaut, aber als Sun Yat-sen für seine Militärregierung eine Residenz brauchte, schenkte ihm der Unternehmer die Villa.

Was Robert überrascht, ist die Tatsache, dass in dem Haus keineswegs nur private Räumlichkeiten zu finden sind. Gewiss, es gibt ein Schlaf- und ein Arbeitszimmer, eine Küche und ein Bad mit bescheidener Wanne. Auch die Ehefrau des Präsidenten hatte ein eigenes Zimmer. Aber gleich darunter und nebenan sind die Funkzentrale, das Innen- und das Kriegsministerium untergebracht, die auch nur je einen Raum haben. »Das ist ja ein Witz!«, sagt der Deutsche. »Da ist ja unser Finanzamt schon hundertmal größer! Von hier aus hat euer Präsident ein Millionen-Reich zu regieren versucht?«

Tingyi tritt auf den Balkon und geht auf dem hölzernen Umgang entlang. Die Schönheit dieses Hauses hat sie immer schon fasziniert. Mit seinen drei gelb gestrichenen Stockwerken, seinen schwarzen Holzbalustraden und seinem Ziegeldach macht es tatsächlich keinen pompösen Eindruck. Aber es hat einen eigenen Reiz: In einer Umgebung von glatten Hochhausfassaden ist es ein feines Puppenhaus, das wie aus einem Traum hierhergeflogen zu sein scheint.

»Der Sperling ist zwar klein, besitzt aber alle Organe«, sagt Tingyi. »Vielleicht war Dr. Sun ja nur ein Märchenstaatspräsident, der durch einen Irrtum auf der Welt gelandet ist. Deswegen ist er wohl auch gescheitert. Aber seine Prinzipien leben noch heute. Und außerdem hat seine Revolution schon sieben Jahre früher stattgefunden als eure.«

Sie können ungestört reden, denn es stellt sich heraus, dass sie die einzigen Besucher in diesem Märchenhaus sind. Aber das stört sie nicht, ganz im Gegenteil. Sie schlendern von einem Zimmer ins andere. Mal treffen sie sich, mal gehen sie auseinander. Im Besprechungsraum sind Sun und sein Innenminister als täuschend echte Wachsfiguren zu sehen. Im Konferenzraum der Generäle steht im Mittelpunkt ein junger, strammer Offizier aus Wachs, der sich heldenhaft und bedeutungsvoll von den anderen Befehlshabern abhebt. Als Robert die englischen Erklärungen liest, ist er abermals erstaunt. »Chiang Kai-shek? Das ist doch ein übler Diktator gewesen, der Feind Nummer eins der KP, oder nicht? Hat Tausende von Kommunisten erschießen und foltern lassen. Wieso darf der hier im Glanz stehen?«

»Nun, er war Suns Gefolgsmann und Nachfolger in der Kuomintang. In den 20er-Jahren ist er hier ein und aus gegangen, da muss er natürlich auch mitgezeigt werden«, entgegnet Tingyi. »Außerdem hat er lebenslang von der Wiedervereinigung Chinas geträumt, und auch die kommunistische Regierung teilt dieses Ziel. Bei uns Chinesen leben Yin und Yang, das Helle und das Dunkle, stets neben- und ineinander. Der Feind gehört genauso dazu wie man selbst, nichts ist absolut gut und nichts absolut böse.«

Vielleicht sind die Chinesen toleranter, als wir uns das vorstellen können, denkt Robert.

Als sie vor dem Zimmer von Suns Frau stehen, fällt Tingyi etwas ein. »Sie war eine hübsche und reiche Frau. Aber sie verlor das Baby in ihrem Bauch, als sie vor bewaffneten Putschisten aus dem Haus flüchten mussten. Danach wurde sie nie wieder schwanger«, erzählt sie nachdenklich. »Ob man Kinder kriegt oder nicht, das bestimmt wohl der Himmel.«

»Na ja, dem Himmel kann man doch nachhelfen, oder?«, sagt Robert und grinst.

Als sie nachmittags in der Alten Stadt herumschlendern, spürt Robert Kopfschmerzen aufsteigen. Heimlich nimmt er ein Aspirin, ohne dass seine Freundin es merkt. Er weiß schon, dass sie es nicht gerne sieht, wenn er »Tabletten schluckt«, wie sie es nennt. Tingyi schießt Fotos, weil sie hofft, das eine oder andere später an Agenturen verkaufen zu können. Tingyi ist ehrgeizig.

Als sie an einem Restaurant vorbeikommen, beginnt ihr der Gaumen zu jucken. Direkt am Eingang werden in großen Türmen aus Bambusgeflecht allerlei Teigtaschen mit verschiedenen Füllungen gedämpft. Ein angenehmer Fleischduft liegt in der Luft. »Wir nehmen hier etwas zur Stärkung«, sagt sie. »Gedämpftes ist gut für dich. Es ist leicht verdaulich.«

»Hast du schon wieder Hunger?«, fragt Robert. In Berlin isst Tingyi zum Mittag nicht viel. So wie er.

»Das ist vier Stunden her, dass ich gefrühstückt habe«, erwidert Tingyi und bahnt sich entschlossen den Weg ins Innere des Lokals. »Chinesen essen jeden Tag dreimal warm. Jetzt bin ich zu Hause. Dann darf ich auch mal wieder eine normale Chinesin sein, oder?«

Robert lässt den Blick durch den Raum schweifen. Alle Gäste scheinen guten Appetit zu haben. Kleine Chinesen, großer Hunger, denkt er. Was für ein fröhliches Essvolk. »Ich brauche nichts«, sagt er.

»Komm, Roloko. Eine Brühe kannst du schon trinken, oder?«

Als Erstes kommt grüner Tee, kostenlos, farblos und eher

lauwarm. Dann zwei dicke Steingutschalen mit Suppe, die seine Freundin bestellt hat. Robert schielt zum Nebentisch. Dort sitzt ein kleines Mädchen mit seiner Oma. Die Kleine lächelt viel und ist so wohlerzogen und zierlich, dass Robert gar nicht von ihr wegschauen kann. »So eine Tochter zu haben muss nett sein«, sagt er nachdenklich.

Aber Tingyi will jetzt die Suppe genießen. »Das ist eine Lebersuppe mit einer schwarzen Erdwurzel. Sie ist gut für das Blutwachstum und die Blutzirkulation. Das andere ist eine Taubenfleischsuppe mit Bittermelonen. Geeignet zum Abkühlen von überhitzten Körpern. Auch gut für dich.«

Roberts Blicke versenken sich in die Suppen, erst in die schwarze und dann in die klare. In Berlin fliegen überall Tauben herum. Sie sind so schmutzig, dass niemand sie essen würde. Und was, bitte, ist eine Bittermelone? Dieses zahnradähnliche Grünzeug? Wenn sie schon bitter heißt! »Ich brauche nichts, Herzchen. Ich hab doch gesagt, ich hab keinen Hunger.«

Tingyi nimmt die in einer Plastikfolie eingeschweißte Speisekarte wieder in die Hand. »Soll ich dir etwas anderes bestellen?«

»Nein. Nicht nötig«, winkt Robert ab. Wer weiß, was als Nächstes auf den Tisch kommt. Vielleicht eine Rabenfleischsuppe mit Kaktus?

»Du willst eine chinesische Familie haben?«, sagt Tingyi. »Dann musst du erst einmal essen lernen.«

2. Kapitel

Der kleine Prinz

Es dämmert, als die beiden Touristen mit schweren Einkaufstüten zu Hause ankommen. Tingyis Eltern sind in der Küche beschäftigt. Ein angenehmer Duft liegt in der Luft und verspricht ein leckeres Abendessen. Robert begrüßt die Eltern mit »hallo« und verschwindet schnurstracks im Gästezimmer. Tingyi zappelt sich die Schuhe von den schmerzenden Füßen und lässt sich auf einen Stuhl im Wohnzimmer plumpsen. Eben war sie noch die resolute Reiseführerin, die ihrem Freund die große Stadt Kanton gezeigt hat, aber kaum befindet sie sich unter dem Dach ihrer Eltern, verwandelt sie sich in ein Kind, das sich Zuwendung wünscht. »Könnt ihr euch so etwas vorstellen? Robert hat sich einen Hamburger gekauft! Er kommt nach China, will aber nichts essen. Und dann kauft er sich einen Hamburger! Ist das nicht eine Schande?«, fragt sie.

Ihre Mutter sieht die Angelegenheit eher pragmatisch. »Rettichkopf hat wieder Appetit? Das ist gut.« Sie stellt eine Tasse heißes Wasser vor die Nase der Tochter und fragt, welches Getränk sie dem Rettichkopf machen soll. Die Tochter wedelt schwach mit der Hand. »Robert braucht eher Ruhe. Er hat schon zwei Kopfschmerztabletten genommen.«

Die Mutter reagiert bestürzt. »Geht es ihm also noch schlechter als heute morgen? Dann muss er zum Arzt.«

Tingyi schüttelt die Hand etwas heftiger. »Ich glaube, die

Kopfschmerzen kamen vom leeren Magen. Da hat wohl der Hunger genagt.«

Jetzt wird die Mutter energisch. Sie drückt ihrer Tochter eine Tasse mit heißem Wasser in die Hand und sagt: »Bring das ins Gästezimmer! Und frag deinen Rettichkopf, ob er was essen will.«

»Mama, Deutsche möchten nicht so bevormundet werden. Wenn er was trinken will, wird er schon kommen«, wehrt sich die Tochter.

Die Mutter legt ihr die Hand auf die Schulter und zeigt Richtung Gästezimmer. »Hast du im Ausland nur Egoismus gelernt? Rettichkopf ist deinetwegen nach China gereist. Jetzt ist er krank, da müssen wir uns um ihn kümmern.«

Tingyi verdreht die Augen und stößt einen Seufzer aus, dann steht sie auf. Mit einer Flasche Mineralwasser, die sie eben nach Hause geschleppt hat, in der einen und der Tasse mit heißem Wasser in der anderen Hand geht sie ins Gästezimmer.

Robert hat sich bereits hingelegt. Tingyi stellt die Getränke auf den Nachttisch und sagt, er solle das heiße Wasser ganz austrinken, ehe er einschläft. Das habe die Mutter empfohlen. Robert bedankt sich. Er wolle nur etwas dösen, sagt er, greift aber plötzlich nach ihren Beinen, als Tingyi sich nähert.

»Oh, nein!«, sagt Tingyi. »Das kommt überhaupt nicht infrage!« Sie fasst seine Stirn an. Fieber hat er nicht. Sie streichelt ihm über den Kopf, deckt ihn mit einer zweiten Decke zu und sagt: »Ich glaube, du bist wirklich erkältet. Wenn du erst mal geschwitzt hast, wirst du schnell wieder gesund.« Dann zieht sie das Moskitonetz zu, verdunkelt das Zimmer und geht leise hinaus. »Ich wecke dich zum Abendessen, okay?«

Gegen halb acht trudelt Tuya ein. Sie hat ihren Dreijährigen mitgebracht. Kaum sind die beiden Schwestern zusammen, verwandelt sich das Wohnzimmer in ein Nest voller zwitschernder Spatzen. Sie haben sich lange nicht gesehen, und gestern Abend im Trubel der Ankunft war kaum Zeit, um sich viel zu erzählen. Aber jetzt reden sie ohne Komma und Punkt.

Tuya ist zwei Jahre jünger als Tingyi, sieht ihr aber nicht ähnlich. Auch die Kleidung der Schwestern ist recht unterschiedlich. Während Tingyi mit T-Shirt und Jeans recht leger wirkt – gelegentlich sieht man sogar ihren Bauchnabel –, zeigt sich ihre Schwester als gepflegte Großstädterin. Sie trägt ein elegantes Kostüm und hat sich strähnchenweise das Haar sonnengelb färben lassen. Sie arbeitet als PR-Chefin und Dolmetscherin bei einem großen Konzern und hatte heute einen amerikanischen Besucher durch ihre Firma zu führen.

Während die beiden Schwestern schwatzen, nimmt der kleine Maomao eine Bambusstange und fängt an, von einem Orangenbäumchen, das in der Ecke steht, systematisch die Blätter und Früchte herunterzuschlagen. Da niemand ihn daran hindert, wird es ihm aber bald langweilig. Schon sucht er ein neues Ziel. »Tu die Stange weg«, ruft seine Mutter, aber das scheint er gar nicht zu hören. Als er anfängt, an die Tür des Gästezimmers zu schlagen, springt Tingyi vom Tisch auf und sagt: »Tu das nicht, kleiner Maomao, der Onkel aus Deutschland muss schlafen.«

Der Junge sagt nichts, lässt sich aber die Stange nicht wegnehmen. Da fällt Tingyi ein, dass sie für den Neffen ein Bilderbuch mitgebracht hat. Damit schafft sie es tatsächlich, den Jungen wieder ins Wohnzimmer zu locken. Eine kurze Weile lässt er sich erklären, was auf den Bildern zu sehen ist. Doch als die Schwestern ihr Gespräch wiederaufnehmen, mag er nicht mehr sitzen bleiben. Den Stock hat ihm die Tante zwar weggenommen und ihren Fuß daraufgestellt, so dass er nicht drankann, aber er kennt sich bei Oma und Opa gut aus und weiß, wo er schnell einen anderen herbekommt.

Bald darauf trifft Tuyas Mann ein. Im weißen Hemd und dunkelblauen Anzug sieht er ebenfalls recht elegant aus. Er kommt wie seine Frau direkt von der Arbeit und ist gut aufgelegt. Schon wird es bunt in der Wohnung. Während die jungen Leute im Wohnzimmer plaudern und die Eltern in der Küche braten und schmoren, schlägt der Junge mit einem neuen Stock an die Tür des Gästezimmers.

Aufgeschreckt von dem Getöse, torkelt Robert zur Tür. Er glaubt, Tingyi will ihn zum Essen holen. Aber als er die Tür aufmacht, blickt er ins Leere. Und im selben Augenblick trifft ihn ein Knüppel am Kinn. Maomao hat einen schmerzhaften Treffer gelandet. Verblüfft starren Knabe und Jüngling sich an, ehe der Kleine sich zu seiner Mutter flüchtet.

Kurz danach sitzt die Familie am Tisch. Die Eltern haben nicht weniger als zehn Gerichte gekocht, um die Heimkehr der Tochter zu feiern und den Besuch aus Deutschland zu ehren. Um die Gastgeber nicht erneut zu enttäuschen, kostet Robert dieses und jenes und lobt alles überschwänglich. Nur die Hühnersuppe will er nicht zu sich nehmen. Er hat die Henne doch heute Morgen noch auf dem Balkon singen hören! Eine aus ihr gewonnene Brühe kriegt er einfach nicht herunter.

Dem kleinen Maomao schmeckt das Huhn bestens. Er trinkt eine Schale nach der anderen und verlangt immer noch mehr. Als er nichts mehr kriegt, klettert er auf den Schoß von Onkel Deutschland und trinkt dessen Suppe aus. Die ganze Familie klatscht lachend Beifall.

Die Hühnersuppe ist keine einfache Suppe. Sie gelingt nur, wenn sechzehn kostbare Zutaten in der richtigen Reihenfolge zusammengebracht und vier Stunden auf kleinster Flamme geköchelt werden. Das Rezept ist eins der großen Familiengeheimnisse, das nur vom Vater auf den Sohn vererbt werden darf. Und die Suppe schmeckt wirklich köstlich. Daher ist es nicht verwunderlich, dass der Junge alles andere verschmäht und nur auf der goldschimmernden Suppe beharrt.

»Du kriegst nichts mehr, Schätzchen. Sonst pinkelst du noch ins Bett«, sagt Tuya sanft zu ihrem Sohn. Aber Maomao behandelt seine Mutter wie Luft. Und als ihm niemand mehr etwas geben will, nimmt er seine Schale, steckt sie in den großen Keramiktopf und schöpft sich die Suppe selbst. Als er die ergatterte Brühe zum Mund führt, protestiert niemand. Stattdessen krümmt sich die Familie vor Lachen. »Unser Maomao wird ein Eroberer«, sagt die Großmutter.

Tingyi findet, jetzt sei es aber genug. Sie macht ihrem Neffen freundliche Vorhaltungen und versucht zugleich, ihm die Schale aus den Händen zu nehmen. Aber Maomao wehrt sich mit allen Kräften. Im nächsten Augenblick hat er schon wieder einen kleinen Schluck aus dem großen Topf geschöpft und grinst herausfordernd.

»Dann bringe ich eben den Topf weg«, sagt Tingyi. Als die Suppe weg ist, wird der kleine Prinz wütend und schmeißt sein Schüsselchen auf den Tisch. Die fettige Brühe spritzt auf die Seidenbluse und das Kostüm seiner Mutter. Tuya springt auf und rennt hastig ins Bad. »Du hast Mamas beste Bluse verdorben, mein Schätzchen«, sagt sie. Aber ihre Stimme ist dabei sehr unentschlossen, und der Knirps weiß genau, dass ihm nichts passiert. Auch Roberts T-Shirt hat einiges abgekriegt. Einen Moment lang herrscht Chaos. Alle versuchen gleichzeitig, die Situation wieder unter Kontrolle zu bringen. Als Maomaos Vater versucht, die Hände des Jungen festzuhalten, damit er nicht noch mehr Schaden anrichtet, beginnt der Kleine wie eine Säge zu kreischen.

»Heute ist die Familienzusammenkunft. Ein Tag der Freude für alle. Auch unser Jüngster soll lachen«, erklärt daraufhin Mutter Li. Sie geht in die Küche und bringt dem Enkel wieder zwei Löffel von der begehrten Brühe.

»Mama, ihr macht ihn zu einem kleinen Tyrannen«, kritisiert Tingyi.

»Heute ist eine Ausnahme«, sagt der Vater. »An einem Tag wie diesem soll niemand weinen.«

Tingyi sagt nichts mehr. Ihr ist gerade eingefallen, dass Tränen bei einem Familientreffen als schlechtes Omen gelten. Jetzt gilt es, den Jungen wieder zum Lachen zu bringen.

Maomao hat jetzt überhaupt keine Lust mehr auf Suppe. Er ist bloß wütend auf die Spielverderber am Tisch. Er strampelt und schlägt heftig um sich. Da er immer noch auf dem Schoß von Onkel Deutschland sitzt, kriegt dieser das meiste ab. Einen Schlag auf die Wange, einen Stoß in die Rippen ... Mit seinen drei Jahren kann er Robert zwar nicht ernsthaft verletzen, aber unangenehm ist es schon. Als der Junge auch noch zu kratzen anfängt, hat Robert es satt und will ihn absetzen, aber das bringt den kleinen Wüterich erst so richtig in Rage. Er schmeißt sich dem großen Onkel an den Hals und zappelt wild um sich. Seine Eltern sind ratlos. Maomao sei sonst nie so besessen von einem Gast. Es müsse das Ausländische sein, was ihn so verrückt macht. Ob das ein Kompliment ist, weiß Robert nicht, aber er lächelt wie ein Marzipan-Tiger.

Die Oma hat eine Idee, wie man die Situation retten könnte. »Pass auf«, sagt sie. »Dein Papa nimmt dich jetzt auf die Schultern, dann bist du der Größte am Tisch und darfst nicht mehr weinen, okay?«

Der Junge scheint nachzudenken und hört auf zu schreien. Doch als ihn sein Vater hochzuheben versucht, dreht er sich weg und klammert sich an Roberts Hals, dass dem fast die Luft wegbleibt.

Robert würde den Jungen am liebsten unter die Dusche stellen, um das Ausländerfieber zu löschen. Aber er will auch nicht kinderfeindlich erscheinen und hat schon bemerkt, welchen Wert man in dieser Familie auf Harmonie legt. Deswegen nimmt er jetzt den Jungen und setzt ihn sich auf die Schultern. Steht auf und macht gleich noch alle möglichen Faxen dazu: schaukeln, springen, gackernd um den Tisch herumrennen ... Und siehe da: Der Junge reißt sein Mäulchen auf und lacht wie ein Engel. Erleichtert schließt die Familie sich an.

Als Tingyi ins Zimmer kommt und das kleine Licht am Nachttisch anknipst, ist Robert schon fast eingeschlafen. Er atmet schwer, genauer gesagt, er keucht wie ein Bergsteiger im Schnee des Chogori. Ängstlich greift sie nach Roberts Hand. »Was ist nur mit dir, mein Roloko? Du siehst von Stunde zu Stunde schwächer aus«, sagt sie leise.

»Ich bin nur ein wenig erschöpft. Morgen wird es schon besser«, sagt Robert beschwichtigend und umarmt sie.

»Meine Eltern sind tief beeindruckt von dir und haben deine Geduld hoch gelobt. Ich an deiner Stelle hätte den Jungen keine zwei Minuten auf meinem Schoß haben wollen.« Tingyi hat einen Balsam von ihrem Vater erhalten, der gut gegen Erkältung sein soll. Jetzt reibt sie vorsichtig Roberts Brust ein. »Als ich Maomao das letzte Mal gesehen habe, war er noch ein süßes Baby auf dem Arm meiner Schwester. Jetzt ist er ein richtiger kleiner Teufel.«

»Maomao hat mich auch überrascht«, gibt Robert zu. »Gestern im Restaurant hat er nur ein paarmal schüchtern in meine Richtung geschaut. Wer hätte gedacht, dass er so schnell auftaut?« Dann fällt ihm etwas anderes ein. »Eins ist klar, deine Familie ist temperamentvoll. Als ich gemerkt habe, dass dein Neffe genauso ein kleiner Wutteufel sein kann wie du, musste ich beinahe lachen.«

»Was?! Ich soll ein Wutteufel sein? Wann habe ich denn schon mal Blitz und Donner bei dir toben lassen? Ich bin doch immer lieb zu dir, oder?« Um ihre Sanftheit zu demonstrieren, schmiegt Tingyi sich an ihn. Aber dann hält sie inne. »Wenn ich diese kleinen Tyrannen wie Maomao sehe, die neuerdings überall in China herumlaufen, habe ich gar keinen Appetit mehr aufs Kinderkriegen«, murmelt sie.

»Aber Herzchen, zu uns kommt doch eine *Prinzessin*«, sagt Robert. »Das ist etwas ganz anderes. Auch wenn sie mal wütend wird, ist sie tausendmal süßer.« Er dreht sich um und versucht, die junge Frau an sich zu ziehen. Aber schon meldet sich wieder sein Magen. Hastig schiebt er Tingyi beiseite, stürzt ins Bad, kniet sich vor die Kloschüssel und gibt alles, was er gegessen hat, wieder von sich. Als er wieder auf den Beinen steht, ist er blass wie Papier.

»Roloko, so geht es nicht weiter«, sagt Tingyi. »Du hast jede Menge Tabletten geschluckt, und was hast du erreicht? Gar nichts!«

Robert reibt sich müde die Augen. Er weiß auch nicht, was sich in seinem Körper abspielt. »Lass uns schlafen.« Er knipst das Licht aus. »Morgen wird alles besser.« Aber er glaubt eigentlich selbst nicht daran.

»Du musst dein Misstrauen überwinden und dich behandeln lassen«, meint Tingyi, »sonst werde ich wirklich wütend.«

»Schon gut, Herzchen. Ich bin mit meinem Latein sowieso am Ende. Wenn es morgen nicht besser wird, dann machen wir, was du möchtest ...« Ein Seufzer entfährt seiner Brust.

»Sehr gut! Auf diesen Satz hab ich gewartet.« Tingyi knipst das Licht wieder an. »Wir dürfen keine Zeit verlieren.« Sie springt aus dem Bett und rennt in den Flur. Kurz darauf kommt sie wieder herein, den Vater im Schlepptau. Robert zieht eilig die Decke zum Kinn hoch.

»Mein Vater ist ein guter Arzt«, erklärt Tingyi. »Er hat uns oft Medizin gegeben, als wir noch Kinder waren, und sie hat auch meistens geholfen.«

Der alte Mann ist bereits im Pyjama. Mit wirren Haaren

und halb geschlossenen Augen sieht er aus, als wolle er selbst lieber schlafen, aber einer Bitte seiner Tochter kann er sich nicht widersetzen. Er fragt nach den Symptomen und bittet den Kranken, die Zunge herauszustrecken. Tingyi übersetzt eifrig. Schließlich gibt der Vater der Tochter ein Medikament. »Rettichkopf hat wahrscheinlich einen Klimaschock erlitten. Magen, Milz und Leber sind etwas beunruhigt. Gib ihm acht von den Kügelchen.« Dann geht er hinaus.

Acht ist eine Glückszahl, denkt Robert, und kaum hat er die glatten braunen Kügelchen heruntergeschluckt, trabt die Mutter mit einer dampfenden Schale herein. »Unser Vater hat gesagt, das soll ich dir bringen. Ich hab doch gewusst, dass unsere Hühnersuppe dir guttut. Das ist auch Medizin. Damit wirst du gleich wieder gesund.«

Robert ist gerührt. »Danke«, sagt er und nimmt die Schale. Schon ist die Mutter wieder weg, und das Paar ist allein. Als Robert die Suppe kostet, ist er begeistert. »Die ist ja köstlich!«, lächelt er. »Ich fühle mich schon viel wohler.«

»Gut. Dann wollen wir morgen sehen, ob die chinesische Medizin dir geholfen hat.« Tingyi knipst das Licht aus, und Robert leckt heimlich die Schale im Dunkeln aus.

3. Kapitel

Der Sieg wird nicht durch Zufälle errungen

Am nächsten Morgen steht Tingyi wieder spät auf. Sie hat sich Ohrenstöpsel besorgt und sie auch über Nacht eingesetzt. Trotzdem ist sie wieder von der Musik aus dem Kindergarten geweckt worden, weil ihr die Stöpsel am Morgen längst aus den Ohren gefallen waren. Sie versucht weiterzuschlafen und legt ihre Hand auf Roberts Bauch, um seinen Schlaf zu sich zu lenken. Aber Robert ist schon lange wach. Er hat sich nur still gehalten, um sie nicht zu wecken. Als er ihre weiche Handfläche spürt, fühlt er sich von der Liebe gerufen, schiebt ihr seine linke Hand zwischen die Beine und beginnt sie zu streicheln. Diesmal wehrt Tingyi sich nicht.

Als ihre Köper sich wieder trennen, fällt Tingyi wie ein Stein zurück in den Schlaf. Erst zwei Stunden später schleppt sie sich ins Wohnzimmer. Dort sitzt Robert allein am Tisch und grinst wie ein schlauer Junge. Vor ihm dampft eine Schale Hühnersuppe. Einen Augenblick lang glaubt Tingyi, dort säße Maomao in erwachsener Gestalt.

»Willst du auch was?«, fragt Robert. »Wenn du möchtest, gebe ich dir die Hälfte ab.«

»Aha, du bist wohl der Liebling meiner Mutter geworden?«, sagt sie halb spöttisch. »Pass auf, dass du nicht wie eine gemästete Gans zurück nach Berlin watscheln musst.« Ihre Hand gleitet über seine Schulter herunter und wandert prüfend auf seinen Bauch. Als er lachen muss, steht für sie fest, dass er wieder gesund ist wie eine Schildkröte.

»So gefällst du mir schon besser, Roloko. Schon früh am Morgen hast du gute Laune, du wirst noch ein echter Chinese.« Zärtlich streichelt sie ihm über den Kopf.

»Wenn du jetzt noch eine echte Deutsche wirst, sind wir ein Traumpaar«, sagt er mit einem glücklichen Lächeln.

Während des Frühstücks beginnt es draußen zu regnen. Der Vater ordnet einen halben Ruhetag für das junge Paar an, damit Robert endgültig gesund wird. Aber schon im nächsten Atemzug erklärt er seiner Tochter, er wolle die Zeit für einen Familienrat nutzen.

»Einen Familienrat? Geht es um deinen Geburtstag?«, will Tingyi wissen.

»Nein«, sagt der Vater, als rede er über die Zubereitung von Bohnen. »Es geht darum, wann du Mutter wirst.«

Tingyi reißt die Augen auf und will protestieren, da mischt sich die Mutter ein: »Lass die Kinder erst mal in Ruhe frühstücken.« Der Vater verzieht sich ins Arbeitszimmer.

Robert isst alles, was die Mutter ihm auf den Teller füllt. Am Ende kommt ein scheußlich riechender Kräutersud auf den Tisch. Robert spannt seine Gesichtsmuskeln an, schließt die Augen und stürzt die bittere Brühe hinunter. Mutter Li klatscht vor Begeisterung in die Hände.

»Spürt Rettichkopf nun die Übelkeit, die er gefürchtet hat?«, fragt die Mutter fürsorglich.

»Nee, die hat bereits vor den Hexenkügelchen von gestern die Flucht ergriffen«, sagt Robert verlegen. Auf welche Weise das geschehen ist, verschweigt er dezent. Mutter und Tochter werfen sich verständnisinnige Blicke zu und beginnen zu kichern. Sie wissen sehr wohl, dass die Kügelchen Blähungen abgehen lassen. Robert beginnt zu ahnen, dass er gegen dieses Mutter-Tochter-Bollwerk nicht ankommen wird.

Eine Stunde später sitzt die ganze Familie wieder am Tisch. Das Frühstück ist abgeräumt, stattdessen stehen jetzt Obst, Erdnüsse und anderes Knabberzeug da, wie es beim Frühlingsfest üblich ist. Robert wundert sich, wie viel Zeit die Familie mit Essen verbringt. Doch dann wird er eines Besseren belehrt: Keiner greift zu. Anscheinend sind die Teller nur zur Dekoration da. Dafür bekommt jeder eine dampfende Tasse Tee vor die Nase gesetzt.

Als der Vater aus seinem Arbeitszimmer herauskommt, hat er ein Notizbuch und einen Stift in der Hand. »Wir wollen uns heute mit Tingyis bislang nicht eingetretener Schwangerschaft befassen«, beginnt er das Gespräch ohne Umschweife. »Was die Schwangerschaft betrifft, spielst du, Robert, natürlich eine wichtige Rolle. Deswegen sollst du nicht nur den Zuhörer spielen, sondern aktiv am Familienrat teilnehmen. Tingyi wird dir bei der Verständigung helfen.«

Robert nickt zustimmend, schaut aber etwas unsicher in die kleine Runde. Ein Familienrat? So etwas hat er noch nie erlebt. Ist das in China so üblich? Der Vater war schließlich mal Kader in der Partei. An der erhobenen Stimme des Familienoberhauptes und am Schweigen der beiden Frauen erkennt er, dass solche offiziellen Versammlungen in dieser Familie keine Seltenheit sind.

Das bestätigt sich, als der Vater jetzt fortfährt: »Tingyi, als du letztes Mal zu Hause warst, haben wir dich überzeugen können, dass du jetzt bald ein Kind kriegen solltest. Wir waren hocherfreut über diese Wendung in deinem Leben, aber« – der Vater schiebt seine Brille hoch, schlägt das Notizbuch auf und wirft einen Blick hinein – »seit unserem letzten Familienrat sind fast zwei Jahre vergangen, und du bist noch nicht schwanger geworden. Hast du eine Erklärung dafür?«

»Nein«, sagt die Tochter und dreht die Tasse in ihren

Händen. »Ich habe mir wie versprochen die Spirale rausziehen lassen, als ich nach Deutschland zurückkam. Ich weiß nicht, warum ich nicht schwanger geworden bin. Vielleicht brauchen Frauen wie ich ein bisschen mehr Zeit.«

»Es wäre uns natürlich lieber, wenn ihr erst heiratet und dann Kinder kriegt«, sagt der Vater. »Aber das ist nicht so wichtig.« Er wendet sich Robert zu. »Jetzt möchten wir von dir hören, ob du dir von Tingyi ein Kind wünschst?«

So geht es also in dieser Familie zu? Spirale, Bauch? Steht die Tochter denn nackt vor den Eltern? Schamröte schießt Robert ins Gesicht. Aber was die Frage angeht, die man ihm gestellt hat, will er auf keinen Fall Zweifel aufkommen lassen. »Ja, ja«, stammelt er und beeilt sich beim Sprechen. »Ich möchte mit Tingyi ein Kind haben. Mit großen Pandaaugen und seidener Haut.«

Die Mutter strahlt vor Freude, als Tingyi das ins Chinesische übersetzt. Der Vater kratzt sich am Hinterkopf. »Rettichkopf scheint zu wissen, was China zu bieten hat. Er hört sich an wie ein fachkundiger Importeur, der hier einkaufen will«, stellt er lächelnd fest. »Robert weiß, was er will. Das ist ein guter Ausgangspunkt. Aber warum ist Tingyi nicht schwanger geworden?«

Mutter Li schaut zu ihrer Tochter. »Hast du dich untersuchen lassen?«

»Eierstöcke, Eisprung, Hormonhaushalt, Gebärmutter, alles in Ordnung, Mama.« Tingyi greift nach den Melonenkernen und beginnt sie zu knacken. Für sie ist die Sitzung beendet.

Aber niemand folgt ihrem Beispiel. Eine deutliche Spannung liegt in der Luft. Die Sitzung ist noch nicht vorbei.

»Sei nicht leichtsinnig«, warnt sie der Vater. »Nicht ohne Grund bezeichnet man Frauen ab dreißig als ›Frauen in großem Alter‹. Mit deinen 32 Jahren bist du in der kritischen

Zone gelandet, wo die erste Schwangerschaft sowohl für die Mutter als auch für das Baby nicht ohne Gefahr ist. Es könnte sogar sein, dass du gar nicht mehr schwanger wirst«, sagt er und hebt seinen Stift.

Tingyi lässt die Melonenkerne liegen und hüllt sich in Schweigen. Der Vater hat eine empfindliche Stelle bei ihr getroffen. In ihrem Innersten zweifelt sie manchmal selbst schon, ob sie gebärfähig ist, und die Vorstellung, kinderlos zu bleiben, macht ihr große Angst.

»Meine Kinder sind alle gesund und kräftig«, sagt die Mutter mit fester Stimme. »Vielleicht hat Tingyis Körper bloß mit dem kalten Klima in Deutschland zu kämpfen. Hier blüht auch im Winter alles, aber dort blüht jetzt nur der Schnee, nicht wahr?«

Bei diesem Kommentar schüttelt Robert den Kopf. »Deutsche Frauen kriegen auch im Winter Kinder«, sagt er mit der Selbstgewissheit eines Naturwissenschaftlers.

»Ja. Aber die kleinen Orangenbäume, die ihr aus China geholt habt, tragen bei euch keine Früchte, nicht wahr?«, entgegnet die Mutter.

Der Vater lässt sich von dieser Debatte nicht ablenken. Er geht systematisch vor. »Könnt ihr euch ein Kind leisten?«, fragt er.

»Robert ist immer noch Dozent an der Uni. Verdient zwar nicht schlecht, aber der Vertrag ist auf fünf Jahre begrenzt. Bei mir …« Tingyi zuckt mit den Achseln. »Ich weiß, dass ich gut bin, aber als Fotografin ist man immer von Aufträgen abhängig.« Sie schlürft laut ihren Tee, um zu zeigen, wie ungeduldig sie ist. Für Robert übersetzt sie auch nicht mehr alles ausführlich, sondern nur noch die Kernsätze.

»Was das Geld angeht, würden wir euch unter die Arme greifen, wenn es nötig ist«, erklärt der Vater mit fester Stimme. »Aber wir sind der Ansicht, dass du noch während des

Besuchs hier schwanger werden musst. Die Bedingungen sind einfach besser zu Hause.«

Roberts Herz beginnt zu flattern. Das gefällt ihm. Er spürt direkt, wie seine Lust wächst. Vor Freude hätte er fast »Ja, bitte!« gerufen. Aber Tingyi hat das Gefühl, dass die anderen sie unter Druck setzen. »An so wenigen Tagen?«, sagt sie abwehrend. »Papa, vergiss nicht: *Wer es eilig hat, darf seinen Brei nicht zu heiß essen!*«

Der Vater lässt sich nicht beirren. »Ihr müsst euch nur Mühe geben.« Seine Augen beginnen zu leuchten. »Das Fengshui in dieser Wohnung ist gut. Das hat uns ein Fachmann bestätigt. Nutzt die Gelegenheit, dann wird sie euch Glück bringen.«

Die Eltern wohnen erst seit anderthalb Jahren in diesem Haus. Es ist zwar die beste Unterkunft, die sie je hatten, aber dass diese von Straßen- und Kindergartenlärm umgebene Wohnung ein Glücksbringer sein soll, kann Tingyi nicht glauben. Sie will schon wieder eine schnippische Bemerkung machen, aber der Vater hat ihren Gedanken erraten und kommt ihr zuvor. »Wenn du glaubst, Fengshui sei Aberglaube, dann kennst du die neuesten Forschungsergebnisse nicht. Fengshui wird bald an allen Universitäten gelehrt.«

Unaufgefordert fängt er an zu erzählen, was für Wunder geschehen sind, seit sie diese Wohnung gekauft haben. So haben sie endlich das Bürgerrecht von Kanton erhalten, auf das sie seit neun Jahren gewartet hatten. Und einen Passierschein für Macao und Hongkong dazu. Auch die alte Wohnung in Sichuan konnten sie endlich verkaufen und haben sogar noch ordentlich etwas dabei verdient.

Am Anfang stehen nur Zweifel in Tingyis Augen. Aber je länger der Vater erzählt, desto weicher wird ihr Gesicht. Am Ende schaut sie zur Decke und sagt: »Gut, ich glaube dir, Papa. Die Wohnung hat etwas an sich. Meinst du wirklich, der gute Fengshui-Geist wird mir ein Kind in den Bauch schieben?«

Der Vater trinkt einen Schluck und lehnt sich zurück wie ein Stratege, der sich des Sieges sicher ist. »Deine Mutter und ich haben ein genaues Konzept aufgestellt …«, sagt er.

Eine halbe Stunde später sehen sie alle klüger und heiterer aus als zuvor. Es ist, als hätten sie keinen Tee, sondern Wein mit erleuchtetem Wasser getrunken. Besonders auffällig ist die Verwandlung bei Tingyi. Eben war sie noch skeptisch und mürrisch, jetzt lacht sie vergnügt, und ihre Augen strahlen, als hätte sie eine Offenbarung erlebt. Da sie gerade vor zwei Tagen ihre Periode beendet hat, sieht es tatsächlich so aus, als könne die Heimat sie reich beschenken. Die Tochter, sagt der Vater, müsse nur bereit sein, das Geschenk auch entgegenzunehmen …

Das ist für die Mutter das Stichwort. Sie bittet Tingyi, noch heute zu einem chinesischen Arzt zu gehen und sich einen schwangerschaftsfördernden Tee verschreiben zu lassen, damit ihr Körper sich vorbereitet. »Und für Rettichkopf hat er bestimmt auch etwas Gutes«, sagt sie mit schelmischem Lächeln.

»Robert hat doch gerade erst den Sud für den Magen bekommen«, wendet Tingyi ein.

»Kein Problem«, sagt die Mutter. »Doktor Nie wird ihm etwas verschreiben, das sowohl dem Magen als auch der Manneskraft guttut.«

»Dann machen wir es doch«, sagt Robert zu seiner Freundin. Schon der Gedanke an Tingyis bevorstehende Schwangerschaft bringt seine Körpersäfte zum Brodeln. Er braucht bestimmt keinen Kräutertee, aber ein Spielverderber will er natürlich auch nicht sein, und er kann sich gut vorstellen, dass Tingyi umso eher bereit ist, sein Kind zu empfangen, je mehr er sich als braver Sohn erweist, der ihren Eltern gehorcht. Wenn er sich den Wünschen der Eltern fügt, kann sich Tingyi nicht sträuben.

Aber seine Freundin ist gar nicht begeistert. Sie will Fotos machen, die sie in Deutschland anbieten kann. »Mama, warum muss es immer so hektisch sein? Wenn ich so viel herumspringe, wird das Ei eingeschüchtert.« Sie weigert sich, zum Arzt zu gehen.

»Sei nicht so starrköpfig«, mahnt die Mutter sie sanft. »Übermorgen beginnt das Neujahrsfest. Dann schließt der Arzt seine Praxis, und wenn er sie im neuen Jahr wieder aufmacht, seid ihr schon auf der Reise zurück nach Berlin. Bis dahin sollst du längst schwanger sein.«

»Aber wir sind doch beide fit wie die Karnickel. Wir brauchen kein Anregungsmittel.« Tingyi hat gar keine Lust, sich von einem bärtigen alten Mann untersuchen und Fragen über Menstruation und Geschlechtsverkehr stellen zu lassen.

Die Mutter macht ein strenges Gesicht. Aber sie ist nicht wirklich böse auf die Tochter. »Tingyi, deine Finger sind immer wie Eiszapfen. Und gestern hast du dich über kalte Füße beschwert. Was ist, wenn auch deine Gebärmutter kalt ist? Da kannst du ja nie schwanger werden, das weiß doch jede Frau«, sagt sie. Dann wirft sie einen Blick auf Robert und fügt hinzu. »Bei Rettichkopf befinden sich die Organe wohl auch nicht ganz in harmonischer Ordnung, sonst hätte er nicht gleich nach der Landung diese Magenprobleme gekriegt.«

»Das ist eine einmalige Chance für euch«, sagt der Vater. »In Deutschland werdet ihr solche Spezialisten nicht finden.« Sein feines Gesicht ist ernst, und sein Ton ist sanft und einfühlsam. »Unsere Astronauten sind die stärksten Kerle im ganzen Land. Aber vor ihrer Reise ins All trinken sie auch Kräutertee, damit ihre Körper die Anstrengung aushalten.«

Tingyi sagt nichts mehr. Sie kann den Eltern nicht widersprechen, aber insgeheim überlegt sie, ob sie es mit der ärztlichen Untersuchung nicht so machen kann wie früher gelegentlich mit der Schule: So tun, als ob sie brav hingeht, und dann heimlich schwänzen. Wenn der Tag vorbei ist und sie später zugeben muss, dass sie nicht beim Arzt war, werden die Eltern ihr schon verzeihen.

Während sie noch überlegt, macht ihr die Mutter schon einen Strich durch die Rechnung. »Ich werde euch hinbringen«, erklärt sie, »damit ihr euch nicht verirrt.«

Mit der Mutter zum Arzt? Dann gibt es garantiert kein Entrinnen mehr. Und außerdem ist es schrecklich peinlich. Sie ist doch kein kleines Mädchen mehr. Tingyi verspricht so vage wie möglich, sie werde schon hingehen zu diesem Doktor, und bittet ihre Mutter um die Adresse.

Damit ist die Mutter zufrieden, und während sie nach Papier und Stift sucht, empfiehlt sie ihrer Tochter, die Gegend um den Bahnhof zu meiden. Dort sei es ja immer sehr hektisch, aber jetzt sei es noch schlimmer als sonst, weil Zehntausende Wanderarbeiter den Vorplatz belagern. Sie wollen zum Frühlingsfest nach Hause zu ihren Familien, müssen stattdessen aber in Kanton warten, weil ein Schneesturm im Landesinneren wütet. An vielen Orten ist die Stromversorgung gestört und die Gleise sind mit Schnee und umgekippten Bäumen versperrt, so dass die Züge gar nicht erst abfahren dürfen …

Tingyi hört der Mutter kaum zu. Innerlich spielt sie immer noch mit dem Gedanken, den Arztbesuch sausen zu lassen und stattdessen die Stadt zu erkunden, wenn sie erst einmal aus der Wohnung sind. Fotos von den gestrandeten Wanderarbeitern lassen sich in Deutschland bestimmt gut verkaufen. Die Medien sind richtig scharf auf jedes Unglück in China.

Aber Robert hat schon begierig den Zettel ins Portemonnaie gesteckt und schiebt Tingyi zur Tür. »Wir müssen uns beeilen, Herzchen«, sagt er. »Womöglich macht der Arzt früher Feierabend. Dann stehen wir dumm da. Ich möchte unbedingt, dass du diesen Tee trinkst.« Er sieht Tingyi schon mit großer Andacht den Kräutersud schlürfen.

»Sehr merkwürdig. In Berlin kannst du tagelang auf dem Sofa rumhängen, aber kaum bist du in China, machst du genauso viel Wirbel wie meine Eltern«, knurrt Tingyi. Sie hat nicht damit gerechnet, dass Robert sich plötzlich zum Wachhund entwickeln könnte, der sie zum Arzt treibt.

»Wer A sagt, muss auch B sagen. Das gilt nicht nur für mich«, grinst er glücklich. Im Nu hat er seinen Rucksack, ihre Jacke, Tasche und Kamera aufgeschultert und ist bereit loszugehen. Nicht mal schminken darf sich Tingyi noch. Als sie vor dem Spiegel steht und nach dem Lippenstift greifen will, legt er den freien Arm um ihre Schultern und zieht sie sanft aus der Wohnung.

4. Kapitel

Das neue Zimmer

Als das Paar wieder nach Hause kommt, ist der Himmel schon taubengrau. Die Mutter eilt lächelnd zur Tür, um sie zu begrüßen. Aus dem hinteren Bereich der Wohnung hört man vergnügtes Krähen mit Musikbegleitung aus dem CD-Player.

»Ist Maomao schon wieder hier?«, fragt Tingyi, als sie in die Pantoffeln schlüpft. »Hat Tuya nicht gesagt, sie müsste heute zur Weiterbildung?«

»Tuya ist ja auch gar nicht da«, lächelt die Mutter. »Die andere Oma hat Maomao hergebracht. Er möchte heute bei uns übernachten.«

Als sie der Tochter die Einkaufstüten abnimmt, sieht die Mutter sofort, dass mehrere Packungen mit Kräutermischungen dabei sind. Ihre Augen beginnen zu leuchten. »Der Arztbesuch hat sich gelohnt, was?«

Bei dieser Frage beginnt Tingyi zu lachen. Es ist nicht zu übersehen, dass der Ausflug ihr gutgetan hat.

»Was gibt's?«, fragt die Mutter.

»Wenn du gesehen hättest, wie Robert den großen Sprung nach vorn macht, hättest du auch lachen müssen«, sagt Tingyi laut, um das Getöse ihres Neffen zu übertönen. »Sonst hat er ja nie Lust, einen Arzt zu besuchen. Aber heute war er ganz wild drauf. Wir mussten sogar ein Taxi nehmen, so eilig hat er's gehabt. Fast hundert Yuan hat es gekostet. Eine teure Fahrt.« Sie erzählt in hastigen Sätzen, als ob sie nur wenig Zeit hätte.

Es herrschte großer Andrang beim Arzt, und sie mussten ziemlich lange warten. Die Beratung fand in einem großen Saal statt, der bis unter die Decke mit großen Kräuterschränken vollgestellt war. In der Mitte stand ein großer Tisch, wo zwei Helfer die Medikamente zusammenstellten. Die eigentliche Beratung fand in der hinteren Ecke des Raumes statt, wo der Arzt einen Tisch aus Rosenholz mit einer grünen Lampe aufgestellt hatte und sich bedächtig Notizen machte. Da der Raum zugleich als Wartezimmer herhalten musste, konnten die übrigen Patienten alle mithören, was Tingyi und Robert sich wünschten. Als sie brav ihr Sprüchlein aufgesagt hatten, nahm der Arzt Tingyis Hand, maß ihren Puls und sah ihr fest in die Augen. Dann schrieb er das Rezept auf und gab dazu einige Erklärungen ab. Das Gleiche wiederholte sich dann bei Robert. Als sie aufstanden, um sich die Kräuter mischen zu lassen, haben die anderen Patienten gelacht und ihnen allerlei Ratschläge gegeben. Robert verstand zum Glück nichts, aber Tingyi war rot geworden wie das Innere eines Granatapfels. Und hatte sich gleich darüber geärgert, dass sie so empfindlich in Deutschland geworden war. Nun, dafür schien Roloko täglich robuster in Kanton zu werden.

»In Berlin hätte sich Robert das nie gefallen lassen«, schließt die Tochter ihren Bericht ab. »Aber seit du ihn einen Rettichkopf genannt hast, ist er auch wirklich einer geworden.« In ihrer Stimme schwingt ein Hauch Stolz mit.

»Hat der Arzt etwas gefunden?«, will die Mutter wissen.

»Er sagt, meine Nieren sind unterkühlt. Bei Robert ist die Leber zwar leicht überhitzt, aber mit den verschriebenen Kräutern wird es schon auskuriert. Sonst ist bei ihm alles in Ordnung.«

»Ich wusste ja, dass der Arzt euch helfen kann«, sagt die

Mutter zufrieden. Während sie spricht, nimmt sie zwei Packungen aus der Tüte. Damit ihre Tochter schwanger werden kann, müssen alle Organe vor Freude singen, denkt sie. Bei einer Henne ist es nicht anders. Wenn sie fröhlich gackert, legt sie ein Ei.

Während Mutter und Tochter sich unterhalten, achtet niemand auf Robert. Der hat längst begriffen, dass die Familie bei jedem neuen Zusammentreffen ein dringendes Bedürfnis nach Kommunikation hat, und klinkt sich freiwillig aus. Er legt die schweren Taschen mit den chinesischen Büchern ab, die Tingyi gekauft hat, geht ins Bad, wäscht sich die Hände und verschwindet im Gästezimmer, um in Ruhe an seinem Reisetagebuch weiterzuschreiben. Doch nach wenigen Minuten kommt er wieder zurück und setzt sich ins Wohnzimmer. Eine Weile tut er so, als wäre er in sein Tagebuch vertieft. Aber als die Mutter in der Küche verschwunden ist, sagt er leise zu Tingyi: »Unser Bettzeug und die Matratze sind weg! Wollen deine Eltern uns rauswerfen?«

»Unsinn«, sagt Tingyi, macht sich aber gleich auf den Weg, um selbst nachzusehen. Die Mutter hat die hektische Bewegung der Tochter beobachtet und kommt ihr gleich mit einem Teller Obst entgegen. »Setz dich ins Wohnzimmer und iss mit Rettichkopf ein paar Mispeln. Frisch vom Markt.« Als ihr die Tochter den Teller nicht abnimmt, fügt die Mutter verlegen hinzu: »Dein Vater räumt gerade um.«

»Wieso denn? Wir haben uns im Gästezimmer sehr wohl gefühlt.«

»Ein Fengshui-Meister war heute bei uns«, lächelt die Mutter. »Er hat gesagt, ihr sollt es im Arbeitszimmer versuchen.«

Tingyi schüttelt den Kopf. »Ihr seid ja raketenschnell«, sagt sie. »Man möchte nicht glauben, dass Vater schon siebzig wird.«

»Für euch Kinder können wir immer noch so schnell sein,

wie es die Lage verlangt«, sagt die Mutter voll Liebe und schiebt die Tochter auf einen Stuhl neben Robert. Den Teller mit den Mispeln stellt sie auf den Tisch.

»Die sehen ja schöner aus als Christbaumkugeln. Was ist das?«, fragt Robert und holt gleich sein Taschenmesser heraus. Tingyi schiebt seine Hand beiseite und zeigt ihm, dass er zum Schälen kein Messer braucht.

»Was hat der Fengshui-Meister noch gesagt?«, fragt sie.

»Das werdet ihr gleich erfahren«, sagt die Mutter. »Vor allem achte darauf, dass ihr die Schwelle eures neuen Zimmers zugleich überschreitet.«

»Hat das der Fengshui-Meister gesagt? Wozu soll das gut sein?«

»Damit Yin und Yang in eurem Haushalt in Harmonie leben«, erklärt die Mutter. »Du musst dich zurückhalten, Tingyi, verstehst du?«

Als ihre Tochter nach Deutschland wollte, um dort zu studieren, war Li Hong sehr unglücklich. Sie hatte Angst, ihr Kind zu verlieren. Aber Tingyi hatte sich durchgesetzt und war zehntausend Kilometer weit weg geflogen, auch wenn die Mutter bitterlich weinte – nicht nur beim Abschied, sondern schon lange vorher. Drei Monate lang, jeden Abend und jede Nacht. Seither weiß Li Hong, wie willensstark ihre Tochter ist.

»Ich werde mich daran halten«, sagt Tingyi und schält mit flinken Fingern eine weitere Mispel für Robert. Als ihre Mutter das sieht, ist sie glücklich. Vielleicht ist ihre Tochter nach acht Jahren Deutschland ja doch zu einer sanften Frau geworden, die weiß, was sie ihrem Mann schuldig ist.

Jetzt öffnet sich im hinteren Bereich eine Tür, und der Vater ruft nach der Tochter. Tingyi steht voller Erwartungen auf. Sie hakt sich bei Robert ein und macht sich mit ihm gemeinsam auf den Weg zu ihrem neuen Gemach. Vor der Tür angekommen, wollen die beiden gerade im Synchronschritt die Füße über die gar nicht vorhandene Türschwelle setzen, Robert den rechten und Tingyi den linken, ganz wie es Vorschrift ist, da wirft ihnen die Mutter eine Handvoll Reis und Erdnüsse über die Köpfe, worauf Robert vor Verblüffung den Fuß zurückzieht. Zum Glück reagiert Tingyi schnell und rettet ihr Bein ebenfalls vor die Schwelle, damit es kein Unglück gibt.

Die Mutter wirft erneut Körner und murmelt eine Glück verheißende Formel. Tingyi beginnt zu kichern, während Robert ganz andächtig schaut. Dann machen sie einen kleinen Sprung und stehen Schulter an Schulter im Zimmer.

»*Wow*, das ist ja wie auf dem Weihnachtsmarkt am Europacenter«, sagt Tingyi. Helle Lampions in Sonnen- und Mondform beleuchten das Zimmer, von der Decke hängen bunte Kinderfiguren, darunter sogar ein paar Engel mit Flügeln, das große, mit einem Moskitonetz bespannte Himmelbett ist mit goldenen Drachen- und Phönixfiguren besteckt. Die üppigen Kissen und Decken mit ihrem luxuriösen Bezug bilden ein schwellendes Farbmeer von Rot und Gold …

Aber das für das Paar bestimmte Bett ist schon besetzt. Mit nackten Füßen springt der kleine Maomao darauf herum und zerknittert den feinen Bezug aus Satin. Wie es scheint, hat er schon die ganze Zeit hier gespielt. Während Tingyi und Robert den kleinen Wüterich noch ungläubig anstarren, öffnet dieser den Mund und kräht in das Mikrofon, das er in der Hand hält: »Ich wünsche Onkel Rettichkopf eine glückliche Schwangerschaft!«

Die Großeltern müssen laut lachen. Mutter Li flüstert dem Jungen etwas zu, damit er seinen Glückwunsch verbessert, aber der Kleine wackelt bloß mit dem Kopf und starrt voller Erwartung den Deutschen an, als wolle er schon wieder auf seine Schultern genommen werden.

»Das ist ja alles so hübsch eingerichtet wie für eine Prinzessin«, sagt Tingyi. Eine freudige Erregung ergreift von ihr Besitz. »Ich glaube, in diesem Zimmer werden wir schöne Träume bekommen.« Sie gibt Robert einen Schubs, und beide verbeugen sich erst vor dem Vater und dann vor der Mutter, um ihnen zu danken.

Aber Mutter Li ist ganz mit Maomao beschäftigt. Er soll das Lied singen, das sie mit ihm geübt hat.

»Komm, wir singen das Brautgemach warm und heiß«, sagt sie zu ihrem Enkel. Sie versucht alles: vorsingen, klatschen, sich hin und her schaukeln. Doch je mehr sie sich anstrengt, desto fester presst der Junge seine Lippen zusammen.

Als Li Hong merkt, dass mit dem Jungen nichts anzufangen ist, schlägt sie vor, dass die ganze Familie zusammen ein Lied für das Paar singen soll. Sie drückt ein paar Knöpfe an der Stereo-Anlage, und schon erklingt eine romantische Melodie. Auf dem kleinen Bildschirm, der im Regal steht, wird der Text dazu eingeblendet: »Du bist meine Rose …«

»Seit wann habt ihr denn Karaoke?«, fragt Tingyi begeistert. Das Singen hat sie am meisten vermisst in Berlin. Die Melodie ist einfach und leicht zu beherrschen. Nachdem die Eltern den Anfang gemacht haben, singt Tingyi laut mit. Dann greift sie nach dem Mikrofon und fängt ein eigenes Lied an. Robert möchte auch nicht zurückstehen, und das Einzige, was ihm einfällt, sind »Der Mond ist aufgegangen« und das Lied vom Macky Messer. Schon ist das Familienkonzert voll im Gang. Ob chinesisch oder deutsch gesungen wird, ist egal. Gelobt wird in jedem Fall reichlich.

Als Wangyang, Tingyis älterer Bruder, eintrifft, muss er lange klingeln, bis jemand ihm aufmacht. Er wohnt ziemlich weit weg, deswegen hat er Frau und Tochter nicht mitgebracht, sondern ist mit seinem Dienstwagen direkt aus dem Büro gekommen. Die Familie freut sich über die Verstärkung und bittet ihn gleich ans Mikrofon. Als Manager muss er oft Gäste zum Karaoke begleiten und ist ein geübter Sänger geworden. Tatsächlich übertrifft er alle Erwartungen. Bald beginnen sie alle zu tanzen. Tingyi mit Robert, Wangyang mit Maomao auf dem Arm, und sogar die Mutter wackelt vergnügt mit dem Vater herum.

Tingyi freut sich, dass ihre Eltern so fröhlich geworden sind, seit sie in Kanton wohnen. Aber dass sie miteinander tanzen, das hat sie noch nie erlebt. Nur aus Erzählungen weiß sie, dass sich die beiden in der revolutionären Tanzgruppe in Jiangyou kennengelernt haben. Damals waren sie blutjung und gerade ineinander verliebt, sie hätten alles getan, um zusammen zu sein. Aber jetzt sind sie bloß heiter, gelassen und sorglos. Diesen tanzenden Augenblick will Tingyi nicht vergehen lassen. Sie holt ihre Kamera und hält alles im Bild fest …

Nach dem Hauskonzert geht die Familie zum Essen in ein nahe gelegenes Restaurant. Als sie gesättigt sind, will Tingyi die Rechnung begleichen, doch die hat ihr Bruder längst an sich genommen. Nun ja, trotz des günstigen Wechselkurses hat Tingyi tatsächlich viel weniger Geld in der Tasche als Wangyang.

Als sie wieder zu Hause sind, setzt sich die Familie rund um den Tisch und spielt ein wenig *Mah-jongg*. Robert hat schon viel von diesem Spiel gehört und ist von den hübschen Plastiksteinen mit den chinesischen Zeichen begeistert. Wangyang setzt sich hinter ihn und bringt ihm das Spiel bei. Nebenbei spielt er noch mit Maomao. Tingyi nennt ihren Bruder *Laohaoren*, »den ewigen Guten«, weil er für alle ein freundliches Wort hat und nie jemanden kritisiert. Für sie ist Wangyang »unerträglich« nett, aber Robert hat gleich Gefallen an ihm gefunden, schon deshalb, weil der Manager ein Jahr in Amerika war und sie sich unterhalten können, ohne dass Tingyi übersetzt.

Als Robert kapiert hat, wie das Spiel funktioniert, wird er fast süchtig. Aber die Familie muss morgen früh aufstehen, deswegen spielen sie nur so lange, bis der deutsche Gast endlich auch einmal »*Hu le!*« rufen kann – was bedeutet, dass er den Sieg errungen hat. Dann wird der Sohn nach Hause geschickt, und die Übrigen bereiten sich auf die Nachtruhe vor.

Nachdem sie ihren Kräutersud getrunken haben, Robert den einen, Tingyi den anderen, steuert Robert auf das neue Schlafzimmer zu. Maomao folgt ihm auf Schritt und Tritt, als wäre er durch einen unsichtbaren Faden mit ihm verbunden. Tingyi löst ihr Haar und will gerade ins Bett gehen, da hält sie der Vater noch einmal zurück. Er klopft auf die Bank und gibt ihr zu verstehen, sie solle neben ihm Platz nehmen.

Tingyi setzt sich gehorsam. Da fragt der Vater mit gedämpfter Stimme: »Wie steht es bei euch mit dem *fangshi*?«

Tingyi errötet. »Jeden Tag einmal«, sagt sie. »Aber wenn wir nicht in Stimmung sind, nur fünf Mal die Woche.«

Der Vater runzelt die Stirn und meint: »Zu häufige Liebe bringt nur geschwächte Samen hervor. Zwei bis drei Tage Abstand wäre besser.«

Tingyi nickt gehorsam. Sie fragt sich, was Robert wohl von diesem Gespräch hielte, wenn er davon wüsste. Dass Tingyi auf Wunsch der Familie ein Kind kriegen soll, das hat ihm gefallen. Aber dass ihr Vater über die Häufigkeit des Geschlechtsverkehrs und die Kraft von Rolokos Spermien spekuliert, würde er sicher als Angriff auf seine Ehre empfinden.

Aber der Vater ist noch nicht fertig. »Der 12. Februar«, sagt er, »auf diesen Tag musst du für dein Kinderglück setzen.«

Tingyi ist ein bisschen erschrocken. Der 12. Februar ist der letzte Tag, den sie in Kanton verbringen. Am nächsten Tag müssen sie nach Hongkong fahren und nach Berlin zurückfliegen. Außerdem ist es der Tag, an dem Robert an der Sun

Yat-sen Universität einen Vortrag über sein Fachgebiet halten wird. Das hat Tingyi von Berlin aus für ihn geplant. »Woher hast du dieses Datum?«, fragt sie.

Der Vater deutet an, er habe heute sowohl einen Wahrsager als auch den Fengshui-Meister nach einem glückbringenden Tag gefragt und sei selbst überrascht, wie nah die Antworten beieinander gelegen hätten. Dann lächelt er und sagt: »Man soll nicht alles glauben, was die Propheten sagen. Aber man soll sie auch nicht verdammen. Immerhin ist es der 13. Tag nach dem Beginn deiner letzten Periode. Deine Schwester wird dir morgen Teststreifen mitbringen, um den Zeitpunkt deines Eisprungs genau zu bestimmen.«

Tingyi macht »mmh« und sagt nichts weiter. Diese ganzen Vorbereitungen werden ihr allmählich zu viel. Aberglauben hin, Teststreifen her, letztlich ist es immer noch ihr Bauch. Wenn man alles bis ins letzte Detail plant, wird man vielleicht einen Elefanten einfangen können, aber kein Baby. Doch sie will ihrem Vater nicht widersprechen. Sie wird die Streifen einfach irgendwo in ihrer Reisetasche verstauen, und schon sind sie wie vom Hund gegessen.

Doch der Vater kennt seine Tochter und wird noch einmal grundsätzlich. »Bislang bist du lässig mit dem Kinderkriegen umgegangen. Jetzt wollen wir, dass du dich wirklich anstrengst. Man darf nicht glauben, dass der Sieg mühelos, durch einen glücklichen Zufall erlangt werden kann«, sagt er bedächtig. »Man darf die Wissenschaft nicht außer Acht lassen.«

Wenn er spricht, strahlt Sui Kang so viel Sanftmut aus, dass seine Gesprächspartner bald von ihm eingenommen sind. Es ist nicht verwunderlich, dass auch die Tochter seiner milden Beharrlichkeit unterliegt und verspricht, genau das zu tun, was er von ihr wünscht. Ja, sie werde jeden Schritt ernsthaft und wissenschaftlich planen, verspricht sie.

Kaum ist das Gespräch beendet, kommt die Mutter auf Tingyi zu. »Hier«, sagt sie und hält ihrer Tochter eine schwere Goldkette hin. »Der Wahrsager hat gesagt, du sollst im Frühling und im Winter stets Gold bei dir tragen. Am besten Tag und Nacht. Deswegen habe ich dir eine Kette gekauft.«

Tingyi wirft einen entgeisterten Blick auf das protzige Schmuckstück. »Mama, die war sicher sehr teuer, aber ich kann sie nicht tragen.«

»Aber warum denn nicht?«

»Sie … besitzt keine Seele. Das ist etwas für die neuen Reichen. So was darf ich in Deutschland nicht zeigen.«

Das Lächeln der Mutter wird kleiner. »Hier ist es die große Mode. Viele tragen sie unter dem Pullover.«

Als die Tochter immer noch kein Interesse zeigt, sagt sie schmeichelnd: »Wir gehen morgen zusammen zum Juwelier und kaufen dir eine andere Kette. Aber heute musst du sie tragen.«

Sie legt der Tochter die Kette um den Hals. Tingyi spürt das Gewicht des edlen Metalls und wird etwas milder. Sie ahnt, dass die Kette viel Geld gekostet hat, und will die Mutter nicht noch mehr kränken. »Lass nur, Mama. Ich trage sie schon.« Sie hilft der Mutter, die Kette zu schließen.

Als das Schmuckstück an Tingyis schmalem Hals glänzt, lächelt die Mutter zufrieden. »Ich finde, du siehst ganz bezaubernd aus.« Dann klingt sie noch schmeichelnder als zuvor: »Könntet ihr Maomao bei euch schlafen lassen?«

»Was?« Tingyi spürt keine Lust dazu. »Was sollen wir denn mit dem Schreihals? Er zappelt die ganze Nacht herum, und wenn er ins Bett macht, haben wir alle keine Ruhe mehr. Das kann ich Robert nicht zumuten.«

»Es ist doch nur für eine Nacht«, bittet die Mutter und lächelt die Tochter erneut geheimnisvoll an. Aber dann kann sie ihre Gedanken nicht länger für sich behalten: »Maomao wird die fehlende *Kinderluft* bei euch verbreiten. Alle sagen, der Körper einer Frau muss gelockert werden, damit sie ein Kind kriegt.«

»Du meinst, ich kriege dann auch so einen Sohn wie Maomao?«, fragt die Tochter. Ihr wird auf einmal klar, dass ihre Mutter den Jungen ganz bewusst herbestellt hat.

»Ja, so einer wie Maomao, strotzt vor Energie, ist gesund und kräftig …«

Während die Mutter noch die Vorteile des Jungen aufzählt, steht Tingyi abrupt auf und lässt sie im Wohnzimmer stehen. Im nächsten Augenblick zerrt sie Maomao hinter sich aus dem Schlafzimmer. »Ich habe etwas Schönes für dich!«, sagt sie dem widerstrebenden Jungen.

Und das ist nicht mal gelogen. Sie zieht ein Tütchen mit Sahnebonbons aus der Handtasche und hält es dem Kleinen hin. Dass die Süßigkeiten eigentlich gar nicht für den Jungen bestimmt waren, behält sie natürlich für sich. Als Maomao sich über das Säckchen hermacht, sagt sie zu ihrer Mutter: »Dein Liebling schläft besser bei dir. Und du kriegst ein anderes Enkelkind, auf das du genauso stolz sein kannst.«

Kaum hat sie den Satz ausgesprochen, flitzt sie eilig ins neue Gästezimmer, schließt mit demonstrativem Knacken die Tür und schiebt den Riegel vor. Als die Mutter ihr folgen will und an die Tür klopft, behauptet Tingyi: »Ich bin schon eingeschlafen«, und schickt sogar ein freches Schweinegrunzen hinterher.

Robert, der im Bett sitzt und Tagebuch schreibt, schaut sie fragend an. Tingyi klatscht vergnügt in die Hände. »Jetzt ist Schlafenszeit«, kündigt sie an. Dann krabbelt sie über Robert hinweg ins Innere des Bettes und knipst einfach das Licht aus. Die Goldkette löst sie im Dunkeln von ihrem Hals und steckt sie unter das Kopfkissen.

Tingyi legt sich auf die Seite und versucht einzuschlafen, als sie Roberts Hand auf dem Rücken spürt. Vom Streicheln hat sie nie genug und kann vor Wohlbefinden schnurren wie eine Katze. Mit seinen Händen macht er sie weich wie Butter, und mit Streicheln wird er unwiderstehlich. Aber heute klappt es irgendwie nicht. Tingyi liegt da, als spüre sie seine Hände gar nicht. Als er nach ihren Brüsten tastet, klemmt sie die Arme zusammen und lässt es nicht zu. Als er daraufhin noch nicht aufgibt, greift sie nach seiner Hand und legt sie an seinen Körper zurück.

»Du bist noch nicht ganz gesund. Machen wir lieber einen Tag Pause, damit du wieder zu Kräften kommst«, sagt sie.

»Ich bin kräftig genug.« Er kriecht wie ein Schuppentier mit der Bettdecke zu ihr herüber. »Fass mich mal an.«

»Aber deine Planktonallee ist schon eingeschlafen«, gähnt Tingyi und schiebt seine Hand von ihrem intimsten Organ.

»Aber in Berlin bin ich ihr doch immer willkommen«, wundert sich Robert im Dunkeln.

»In Kanton ist sie zurückgekehrt zum Yin-Yang-Rhythmus. Jetzt ist Ruhezeit. Du musst warten, wenn du mit Sehnsucht empfangen werden willst«, flüstert Tingyi.

Robert presst die Hände gegeneinander, bis die Finger knacken. Er will sich nicht damit abfinden, dass die Nacht ohne Taten vergeht. »Deine Eltern haben das Zimmer mit so viel Aufwand hergerichtet«, sagt er. »Du willst sie doch nicht enttäuschen, oder?«

»Das war mehr symbolisch«, sagt sie. »Schön, dass du das alles so ernst nimmst, Roloko, deswegen habe ich dich auch sehr lieb. Gute Nacht!«

Ach, darüber zu reden ist immer schlecht. Das vertreibt bloß die Lust, denkt Robert und rollt sich zähneknirschend zusammen. Er wird sich offensichtlich gedulden müssen.

Der nächste Tag ist ein Sonntag. Es ertönt keine ohrenbetäubende Musik, der Kindergarten hat zu. Dennoch wacht Robert wie gewöhnlich früh auf. Er legt sich auf die Lauer und wartet so lange, bis Tingyi den Kopf dreht. Ein Zeichen, dass sie bald aufwachen wird.

Robert zögert nicht und beginnt seine Freundin zu streicheln. Sie ist warm und weich, wie ein frisch gebackenes Croissant. Und sie scheint noch nicht in der Lage zu sein, sich zu wehren. Doch er irrt sich. Als seine linke Hand mit ein wenig Nachdruck in die Planktonallee vorzustoßen versucht, beginnt die Lage schnell unbequemer für ihn zu werden. Tingyi kneift die Beine zusammen und dreht sich von ihm weg. Als er versucht, sie festzuhalten, wird Tingyi wütend. »Willst du mich vergewaltigen oder was?« Sie schnellt ein Bein hoch und versetzt ihm einen Stoß auf die Brust.

Das Warnsignal ist nicht zu übersehen. Erschrocken lässt Robert die Freundin los. »Ich dachte, du willst ein Baby«, sagt er mit einem verlegenen Lachen.

»Das ist doch kein Grund, mich so zu bearbeiten.«

»Wenn du mich nicht mal reinlässt, wo sollen wir dann ein Kind herkriegen?«, sagt Robert beleidigt.

»Lass uns bis heute Abend warten oder bis morgen«, murmelt Tingyi und wickelt sich in ihre Decke. »Wir machen immer zwei bis drei Tage Pause dazwischen, in Ordnung? In Berlin können wir dann wieder tun und lassen, was wir wollen, okay?« Sie schließt die Augen und lässt den Mann an seinen Fingernägeln kauen.

Aber Lust hat Robert jetzt sowieso nicht mehr. »Sollen sie doch ihr Kind herkriegen, wo sie wollen«, denkt er und betrachtet böse den Rücken der Freundin.

5. Kapitel

Ein halber Chinese

Am Sonntagnachmittag erhält Robert Gelegenheit, andere Chinesen kennenzulernen. Professor Rao Yirong, der Tingyi einst unterrichtet hat, als sie noch auf die Hochschule für Bildende Kunst ging, hat das Paar eingeladen. Aus ihren Erzählungen weiß Robert, dass Tingyi sehr für Rao geschwärmt hat, der damals noch ein junger Dozent war, nur zwölf Jahre älter als seine Studentin. Auch Rao empfand eine ungewöhnlich große Zuneigung für Tingyi. Man könnte wohl sagen, dass die beiden heftig ineinander verliebt waren. Aber Liebesaffären zwischen Lehrern und Schülern waren verboten. Außerdem war Rao frisch verheiratet und schien glücklich zu sein. Als Tingyi ins Ausland ging, erledigte die Sache sich von allein. Robert ist gespannt, den Mann, den Tingyi einst angehimmelt hat, kennenzulernen.

Als ihm Professor Rao die Hand schüttelt, wundert sich Robert innerlich, dass sein Gegenüber mindestens so jung und dynamisch wirkt wie er selbst. Auch im Körperbau ähnelt ihm Rao: Er ist hoch gewachsen und hat breite Schultern. Aber das Wichtigste ist seine Ausstrahlung. Seine Herzlichkeit und sein sprühender Geist sind wie ein wärmender Mantel, der jeden gleich einhüllt, der mit ihm spricht. Robert kann Tingyi gut verstehen und bewundert ihren guten Geschmack.

Sie stehen noch im Vorraum der großen Eigentumswohnung auf dem Campus der Sun-Yat-sen-Universität und wechseln die üblichen Begrüßungsfloskeln, da kommt aus dem hinteren Bereich der Wohnung eine hübsche Frau in kurzem Rock und Stiefeln. Hoppla, was für eine schicke, quirlige Ehefrau hat der Professor!, denkt Robert. Aber da streckt ihm die junge Frau auch schon die Hand entgegen und stellt sich als Raos Assistentin vor. »Mein Name ist Qi Fei. Bitte nennen Sie mich einfach Fay.« Das alles in fließendem, zwitscherndem Englisch.

Erst jetzt erscheint Raos Ehefrau, sie ist sehr zurückhaltend, aber von einem tiefen, melancholischen Liebreiz. Nach der Begrüßung verschwindet sie gleich wieder nach hinten.

Die Gäste werden in die Bibliothek gebeten. Der Raum, mit Büchern und Kunstwerken ausgestattet, gefällt Robert auf Anhieb. Er geht an den Wänden entlang, um die Bilder zu betrachten, die dort hängen. Es sind vor allem Tuschezeichnungen und mehrfarbige Aquarelle. Die Menschen, Tiere und Landschaften sind so lebendig, als könnten sie im nächsten Augenblick aus den lackierten Rahmen heraus in die Wirklichkeit steigen.

»Wunderschön. Sehr chinesisch«, sagt Robert begeistert.

»Alles von Professor Rao«, sagt Fay, die ihm auf Schritt und Tritt folgt, mit einem gewissen Besitzerstolz, so als wären nicht nur die Bilder, sondern auch der Professor ihr Eigentum. »Ich kann Ihnen gerne noch mehr zeigen. Kommen Sie, wir gehen ins Atelier.«

Professor Rao und Tingyi haben sich bereits an den Teetisch gesetzt. Dass die beiden anderen gleich eine Beschäftigung gefunden haben, stört sie ganz und gar nicht. Sie haben sich viel zu erzählen. Als Fay sagt, sie wolle Robert das Atelier zeigen und komme gleich wieder, nickt der Professor nur kurz und winkt mit der Hand, um zu zeigen, dass er sie gehört hat.

Professor Rao hat eine große Wohnung mit einem endlosen

Korridor. Ursprünglich waren es einmal zwei Wohnungen. Rao hat sie beide gekauft und dann zusammengelegt. In der einen ist jetzt der Wohnbereich, in der anderen das Atelier und das Arbeitszimmer. Robert hört Stimmen hinter den angelehnten Türen; es scheinen mehr als drei Personen zu sein. Fay bestätigt auch, dass Raos Eltern zu Hause sind. Aber die Familie, sagt sie, dürfe sich in der Regel nicht zeigen, wenn Rao Besucher empfängt, schon gar aus dem Ausland. Bei solchen Gelegenheiten stehe der Ruf der Universität auf dem Spiel, und man wolle ja niemanden in Verlegenheit bringen. Robert findet die Vorsichtsmaßnahme ein wenig kurios, muss aber zugeben, dass Professor Rao Privates und Offizielles gut trennen kann.

Das große, helle Atelier nimmt fast die Hälfte der anderen Wohnung in Anspruch, daneben befinden sich noch zwei abgedunkelte Räume, in denen neben modernen Papierbildern auch ein paar traditionelle Seiden- und Schriftrollen aufbewahrt werden. Fay zeigt Robert einige große, detailreiche Werke und erläutert ihm, was sie bedeuten. Im Atelier liegen einige Tuschmalereien, bei denen der Professor die Arbeit noch nicht abgeschlossen hat.

»Die sind für einen staatlichen Auftrag. Sobald die Bilder vollzählig sind, gehen sie zum Lithographen und dienen als Vorlage für Sonderbriefmarken zur Olympiade«, erklärt Fay. Robert ist tief beeindruckt. Er spürt, dass Tingyis ehemaliger Lehrer ein origineller, sensibler Künstler ist, der zu Recht einen hohen Rang an der Universität und in ganz China genießt.

Vor einem gerahmten Katzenbild hält Robert besonders lang inne. Fay bemerkt sein Interesse und erzählt ihm, das sei Jiajia, die ehemalige und einzige Lieblingskatze von Rao. Das Bild werde sowohl von Kritikern als auch von Tierliebhabern besonders geschätzt. Es besitze viel *qi*. Als Jiajia gestorben sei, habe Rao keine andere Katze mehr haben wollen und von einem Tag auf den anderen aufgehört, Katzenbilder zu malen.

»Verkauft Professor Rao die Bilder?« fragt Robert und dreht das Katzenbild um, als hoffe er, auf dem Rücken ein Preisschild zu finden.

»Manche schon, aber dieses nicht. Manchmal verschenkt er ein Bild, wenn ihn seine Gönner darum bitten. Bei diesem Bild ist es anders. Ein Minister aus Peking hat ihm viel Geld dafür angeboten, aber der Professor hat es nicht hergegeben. Natürlich werden seine Bilder auch oft an Museen und andere Institutionen verliehen.«

Robert hält das Bild in den Händen und kann sich kaum davon trennen. Gleichzeitig fragt er sich, warum Fay wohl immer so förmlich von dem Professor spricht. Was hat das zu bedeuten?

Plötzlich spürt er Fays Hand auf dem Arm. »Soll ich das Bild für dich stehlen?«, fragt sie mit einem listigen Lächeln.

Robert schaut erschrocken auf. Da gibt ihm Fay einen Schubs und lacht ein freches, zügelloses Lachen, als hätte sie mit einem Griff sieben Krebse gefangen. Robert lächelt erleichtert: Es war nur ein Witz. Er gibt Fay einen leichten Stoß an den Ellenbogen zurück und kichert komplizenhaft mit.

Als die beiden in die Bibliothek zurückkehren, fällt Tingyi sofort auf, dass Fay dicht neben Robert geht und ihn sogar einmal am Arm anfasst. Sie beschließt, ein Auge auf diese muntere Assistentin zu haben.

Kaum sitzen sie zu viert am Tisch und trinken Tee, da klingelt es an der Tür und ein schmächtiger Kantonese mit unscheinbarem Gesicht tritt herein. Es handelt sich um den Dekan des Fachbereichs Biotechnik Liu Zhuang. Als er hört, Liu sei derjenige, der ihn eingeladen hat, einen Vortrag zu halten, greift Robert nach Lius Hand und schüttelt sie lange. Jetzt begreift er auch, wer ihm die Ehre verschafft hat, in der berühmten Sun-Yat-sen-Universität sprechen zu dürfen: Tingyi hat aus Berlin ihren ehemaligen Lehrer angerufen, und der hat seinen Kollegen beschwatzt, dem jungen Mann eine Chance zu geben. Robert weiß nicht, ob er sich freuen soll. Er wirft seiner Freundin einen hastigen Blick zu, aber die scheint mit anderen Dingen beschäftigt zu sein.

Dekan Liu wird gebeten, neben Robert Platz zu nehmen. Kaum haben sich alle wieder gesetzt, stecken die beiden Biologen die Köpfe zusammen und vertiefen sich in ein Fachgespräch. Robert ist klar, dass Dekan Liu sein Niveau prüfen möchte, um zu sehen, ob der Vortrag etwas bringen wird. Er beantwortet jede Frage ausführlich und flicht auch einige Informationen über sich selbst ein. Dekan Liu zeigt sich zufrieden und wechselt das Thema. Jetzt möchte er wissen, welchen Eindruck der Deutsche von China gewonnen hat. Robert sagt einige lobende Worte: freundliche, hilfsbereite Menschen, vielfältige Früchte, gutes Essen …

Aber der Professor will ausdrücklich Kritik hören. Robert nimmt das für bare Münze und gibt ehrlich zu, was ihm nicht so gefällt. Der Himmel sei ständig von Smog bedeckt, die Luftverschmutzung in Kanton müsse weit über westlichen Grenzwerten liegen. Auch schienen viele schlechte Produkte auf dem Markt zu sein. Zum Beispiel die Teekannen, die er in Restaurants gesehen habe, seien nicht gerade besonders schön, obwohl China das Land des Porzellans sei. Dann habe er einen Rucksack gekauft, und nach nur einem Tag sei ein Träger abgerissen. Und die Fenster bei Tingyis Eltern lassen sich auch nicht dicht schließen …

Bei dieser langen Liste von Beschwerden zeigt der Dekan sich gekränkt. Mit gebrochenem Englisch beginnt er sein Land zu verteidigen. Die anderen Anwesenden werden aufmerksam und mischen sich ein. Rasch entsteht eine Diskussion über Chinas Wirtschaftswunder und die Industrialisierung. Immer wieder geht die Tür auf, und Fay führt Kollegen von Rao und Liu herein, die sofort heftig mitdiskutieren. Robert wird klar, dass der Professor ein offenes Haus führt und seine Wohnung ein Treffpunkt der Intellektuellen ist.

Schließlich lädt Rao alle ins Campus-Restaurant ein. Zu Roberts Überraschung nimmt der Gastgeber zwei große Krüge mit selbstgebrautem Reiswein mit ins Lokal. »Selbstgebraut haben ihn meine Eltern, nicht ich«, erklärt er und übergibt die Krüge einer Kellnerin, damit sie erhitzt werden. Man merkt sofort, welch hohes Ansehen Rao auch hier genießt. Er scheint häufig Gäste zu haben. Während der Reiswein fließt und die Stäbchen auf und nieder gehen, setzen die Männer ihr Gespräch munter fort. Wenn Verständigungsprobleme auftauchen, helfen Tingyi und Fay ihnen weiter.

Als Robert und Tingyi gegen halb zwölf mit dem Taxi nach Hause fahren, ist Robert beschwipst und geschwätzig. Er schwärmt von Professor Rao, als ob er ein Heiliger wäre. Der Professor sei der schönste, stärkste, ehrlichste, klügste Chinese, den er je kennengelernt habe. Er sehe überhaupt nicht wie die anderen Chinesen aus, und was er sage und tue, sei wohlüberlegt und intelligent. Ein Mann wie er werde einen großen Bekanntheitsgrad erlangen ... Tingyi sagt nur, der Maler sei eben ein Nordchinese. Der Nordchinese sei bekannt für Wagemut und Gerechtigkeitssinn und der Südchinese für Handel und Harmonie.

Dann redet Robert von der Diskussion, die er ausgelöst hat, und möchte ein Lob von Tingyi einheimsen. Er habe jetzt die berühmte deutsche Streitkultur nach China gebracht, und darauf ist er mächtig stolz. Aber Tingyi zeigt sich gar nicht begeistert. Sie habe den Eindruck, dass Professor Liu sich in seinem Nationalstolz verletzt gefühlt habe. Hoffentlich bereue er nicht schon, Robert zum Vortrag eingeladen zu haben.

Auch Robert ist aufgefallen, dass der Dekan auf seine Kritik etwas hitzig reagiert hat. Aber nach einem solch schönen Abend will er sich die gute Laune nicht verderben lassen, deshalb behauptet er: »Professor Liu hat sicher gemerkt, dass ich schon ein halber Chinese bin.«

Tingyi küsst ihn auf den Mund. Dann kramt sie Kaugummi aus seinem Rucksack und füttert ihn damit. »Das hilft, den Alkohol abzubauen«, sagt sie.

Es ist kurz nach Mitternacht, als das Paar zu Hause ankommt. Die Eltern sind bereits schlafen gegangen. Das Paar geht auf Zehenspitzen durchs Wohnzimmer und macht im Bad so wenig Lärm wie möglich. Als sie beide ins Bett geschlüpft sind, fragt Robert: »Hast du nicht gesagt, dass ich heute auf deiner Allee patrouillieren darf?«

»Ich dachte, du bist besoffen.«

»Nicht ganz. Meine männliche Wurzel steht immer noch gerade.«

6. Kapitel

»Rettichkopf missachtet mich als Familienvater«

Die Tage vergehen, und Robert hat Berlin fast vergessen. Dann kommt der letzte Tag des alten Jahres, das traditionell mit einem Familienessen und Feuerwerk verabschiedet wird. Bei Tingyis Familie ist es nicht anders. Die Eltern laden Kinder und Enkelkinder ins Restaurant ein und bestellen ein üppiges Essen, bei dem die Schüsseln sich auf dem Tisch drängen. Alle schlagen sich den Bauch voll, bis sie sich kaum mehr bewegen können. Dann gehen sie nach Hause und lassen die Böller knallen. Ausnahmsweise gehen die Enkelkinder gern schlafen, weil sie in dieser Nacht Geldgeschenke erhalten. Diese *Yasuiqian* werden ihnen von den Eltern und Großeltern unters Kissen geschoben, während sie schlafen. Es soll Sprösslinge geben, die über Nacht Hunderttausende Yuan reicher werden. Bei der Familie Sui fällt das Geschenk zwar bescheidener aus, aber für einen Dreijährigen sind hundert Yuan immer noch eine Menge Geld.

Der Neujahrstag fällt diesmal auf den 7. Februar. Er ist zugleich der Beginn des Frühlingsfestes. Einen Tag später wird Vater Sui neunundsechzig, und da man einen Geburtstag in China auch vor dem eigentlichen Termin feiern darf, ohne gleich Unheil befürchten zu müssen, wird der Ehrentag des Vaters schon am Neujahrsfest gefeiert, und weil noch nie so viele Familienmitglieder zusammen waren, tut man so, als ob er nicht neunundsechzig würde, sondern gleich siebzig.

Schon am frühen Vormittag treffen Wangyang und Tuya mit ihren Familien in der Wohnung der Eltern ein. Das Wohnzimmer ist bunt dekoriert, der Tisch mit Obst, Kuchen, Gebäck und kalten Fleischspeisen beladen. Alle, groß und klein, jung und alt, haben sich herausgeputzt und sehen feierlich aus. Tingyi trägt eine bunte Bluse und am Hals eine neue, fein gearbeitete Goldkette. Robert trägt eine rot-gelb gestreifte Krawatte und seinen schwarzen Anzug, der ein bisschen zu warm ist. Er sieht aus, als ginge er zu einem Empfang beim Präsidenten der Uni. Aber das beste Outfit hat Mutter Li. Mit blutroten Lippen, Samtjacke und Sonnenbrille auf der Nase sieht sie wie eine mysteriöse, reiche Frau aus einem Hongkong-Film aus. Als sie ins Wohnzimmer schwebt, klatschen die Kinder laut Beifall. Tingyi meint, ihre Mutter werde von Jahr zu Jahr jünger und habe bestimmt noch eine große Zukunft vor sich.

Auch Vater Sui mit seinem kurzen Bürstenschnitt sieht immer noch jung aus. Zur Feier des Tages trägt er eine feine rote Strickweste über dem weißen Hemd, so dass er viel milder als sonst wirkt. Als alle zehn Familienmitglieder am Tisch sitzen, beginnt er mit erhobener Stimme eine viertelstündige Rede zu halten.

Robert ist sich jetzt sicher, dass Vater Sui seine Parteiversammlungen schrecklich vermisst. Er möchte nicht unhöflich wirken, zumal die anderen Familienmitglieder aufmerksam zuhören und sogar die beiden Kleinsten ganz still sind. Da er nichts versteht, konzentriert er sich ganz auf die Sprachmelodie und versucht zu erraten, worum es geht. Was er hört, ist keineswegs bloß ein eintöniger Singsang. Nein, es gibt scharfe Akzente, heftige Zischlaute und gelegentlich sogar einen tief rollenden Rachenlaut. Er fängt gerade an, das chinesische Sprachkonzert zu genießen und träumt von großen Abenteuern in diesem Land, da beginnt seine Freundin leise zu dolmetschen.

»Wir sind Sichuan-Chinesen, das heißt, wir werden niemals aufhören, für das Glück unserer Familie zu kämpfen, und alles tun, damit sie eine noch schönere und bessere Zukunft hat«, erklärt der Vater gerade. »In den letzten zehn Jahren haben wir den Familiensitz von Jiangyou nach Kanton verlegt. Das hat sich als ein kluger Schritt erwiesen. Hier, an der Küste, seid ihr alle zu Wohlstand gekommen, und auch wir sind zufrieden.«

Seine Kinder nicken eifrig.

»Im nächsten Jahrzehnt gehen wir einen Schritt weiter. Unser nächstes Ziel heißt Hongkong«, sagt der Vater und schaut in die Runde. »Dort gibt es noch mehr Möglichkeiten als hier, und der Zugang zur Welt ist uneingeschränkt. Die Familie könnte noch mehr erreichen, wenn wir dort einen Platz hätten. Unsere Strategie lautet: Wer kann, soll versuchen, dort Arbeit zu finden. Auch wenn vielleicht zuerst nur einer dort Fuß fassen kann, ist das schon ein Erfolg. Sobald er Geld verdient und eine Wohnung hat, holt er die anderen nach. Mutter und ich sind schon zu alt, um noch umzusiedeln. Die Lebenshaltungskosten wären zu hoch, wir werden also in Kanton bleiben. Aber wir werden euch unterstützen. Wir werden noch mehr Geld sparen und versuchen, eine Wohnung in Hongkong zu kaufen, damit ihr dort einen Stützpunkt und Brückenkopf habt.«

Stürmischer Beifall bricht aus.

Nun sind die Kinder dran, sich zu den Plänen des Vaters zu äußern. Sofort ergreift Wangyang das Wort. Während er redet, zeigt Robert sich leicht irritiert. »Gibt es einen konkreten Anlass, nach Hongkong zu gehen? Wer von euch will denn da überhaupt hin?«, fragt er leise.

Tingyi deutet mit den Lippen unauffällig auf ihre Schwester. »Sie und ihr Mann hätten gern noch ein zweites Kind. Das ist nur in Hongkong erlaubt. Und von meinem Bruder wünschen sich meine Eltern natürlich nach der Enkeltochter noch einen Sohn.«

Tatsächlich stimmen alle Anwesenden dem neuen Kurs zu. Sogar Robert hört sich zu seiner eigenen Verblüffung laut sagen, dass er es wunderschön fände, in Hongkong zu leben. Was auch tatsächlich stimmt: Das wenige, was er von der Insel gesehen hat, als sie vom Flugplatz kamen, hat ihn beeindruckt.

Nachdem die Anwesenden den neuen Kurs des Vaters bekräftigt und unterstützt haben, geht die Feier auf ihren Höhepunkt zu. Zwei hohe Stühle werden in den Raum getragen und ein kleiner roter Teppich davor gelegt. Der Vater wird auf den rechten Stuhl gebeten. Die Kinder und Enkelkinder stehen Spalier. Zuerst ist Li Hong, seine Frau, an der Reihe, um dem Vater zu gratulieren. Sie steht aufrecht und gerade vor ihrem Mann und hält eine kurze Rede, in der sie die Jahre mit ihm lobt und preist, dann verbeugt sie sich tief vor ihm und überreicht ihm ein rotes Tütchen mit ihrem Geldgeschenk. Danach setzt sie sich neben ihren Mann auf den linken Stuhl und nimmt mit ihm gemeinsam die Glückwünsche der Kinder und Enkelkinder entgegen.

Wangyang ist das älteste Kind und außerdem ein Sohn, daher kommt er zuerst an die Reihe. Er und seine Frau, mit der Tochter Lulu in der Mitte, treten mit gesenkten Köpfen vor die Eltern. Und jetzt sieht Robert auch, wozu der Teppich da ist: Nachdem das Paar eine kurze Rede gehalten hat, die mit der Formel *changming baisui* endet, kniet die dreiköpfige Familie auf dem Teppich nieder und verbeugt sich so tief, dass ihre Gesichter den Boden berühren. Nach dem dritten Kotau richten sich die Kinder ein wenig auf und überreichen den Eltern ihre roten Tütchen mit Geld. Das Tütchen der kleinen Lulu enthält nur einen sehr kleinen Betrag, aber dafür hat sie ein selbstgemaltes Bild beigelegt. Darüber wird sich der Großvater freuen, wenn er später die Tütchen aufmacht. Um den

Gehorsam der Kinder zu loben, schenkt Vater Sui jedem Gratulanten ein rotes Tütchen zurück, das ebenfalls ein oder zwei Scheine enthält. Nun sind Tingyi und Robert an der Reihe.

Tingyi hat ihrem Freund erst in der Nacht zuvor mitgeteilt, dass die Eltern sich eine traditionelle Zeremonie wünschen und von allen anwesenden Kindern drei Kotaus erwarten. Robert hat sich sofort aufgelehnt. Er wolle vor niemandem knien. Und er möchte auch nicht, dass Tingyi sich vor ihren Eltern hinkniet. »Wir leben doch nicht mehr im Kaiserreich.«

»Ich war auch überrascht, als mein Vater mir vorhin diesen Wunsch mitgeteilt hat.« Sie lag im Bett in seinen Armen und hatte ihm die Hand auf den Hintern gelegt. Dann seufzte sie leise: »Ich habe aber schon zugesagt für uns beide.«

Robert hat dagelegen und fühlte sich plötzlich schrecklich allein in diesem riesigen Land. »Würde Professor Rao so etwas tun?«

»Das weiß ich nicht«, gab Tingyi zu. Sie hielt kurz inne, dann fügte sie hinzu: »Aber er ist an der Uni bekannt als ein pietätvoller und gehorsamer Sohn. Er hat mit allen Kräften seine alternden Eltern zu sich geholt, um seine Pflicht zu erfüllen. Du hast selbst gesehen, bei ihm leben drei Generationen in einer Wohnung wie vor hundert Jahren. Ich denke, wenn seine Eltern einen Kotau von ihm wünschen, wird er ihnen den nicht verweigern.«

Plötzlich hatte Robert einen Verdacht. »Wollen deine Eltern unbedingt sehen, wie ein Ausländer kniet, oder was? Haben sie uns deswegen zur Geburtstagsfeier geladen?«

»Ach, blas dich nicht zum größten Tier dieser Welt auf, Roloko«, sagte Tingyi. »Wenn meine Eltern unbedingt einen Kotau haben wollen, dann wollen sie ihn von mir. Meine Geschwister sind beide gehorsam. Nur ich habe gegen ihren Willen Kunst studiert, was in ihren Augen eine Hungerzukunft bedeutet. Nur ich bin ins Ausland gegangen, was ihnen noch immer viel Schmerzen bereitet. Ich bin das widerspenstigste Kind in dieser Familie. Dennoch haben sie mich lieb und würden niemals auf die Idee kommen, mich zu verstoßen. Außerdem haben sie aus dem Konflikt mit mir gelernt und sind viel offener geworden. Da werde ich ihnen den Kotau nicht verweigern.«

»Gut, wenn ich sowieso nur den Komparsen spiele, kann ich ja auch wegbleiben.« Diesen Satz hat Robert schon auf der Zunge gehabt, aber innerlich wusste er, dass er bei der Zeremonie nicht fehlen durfte. Ein tiefer Seufzer entfuhr seiner Brust. Einen Augenblick lang bereute er, dass er mit nach China gereist war.

Plötzlich fing Tingyi an zu erzählen. »Als mein Vater sechzig wurde, hatte er gerade seine Arbeit in Jiangyou verloren. Das alte staatliche Stahlwerk konnte der Konkurrenz der Privatunternehmen nicht standhalten, und als der Staat es nicht mehr unterstützte, ging es bald pleite. Meine Mutter war vier Jahre jünger, aber Frauen wurden schon mit 55 in Rente geschickt. Deswegen hatte sie auch keine Arbeit mehr. Da sie von der Rente nicht leben konnten, beschlossen sie, noch einmal ganz von vorn anzufangen. Die beiden kamen mit leeren Händen nach Kanton und klebten ihr Arbeitsangebot zum Selbstmordpreis an die Lichtmasten. Jeder Auftrag und jeder Arbeitsplatz wäre ihnen recht gewesen, auch wenn er noch so ausbeuterisch war. Sie waren tief unten in der Gesellschaft gelandet. Zu Vaters sechzigstem Geburtstag sind sie zu mir in die Mensa gekommen, und wir haben mit einer Süßkartoffelsuppe gefeiert. Ich habe fast in den Teller geweint, weil meine Eltern so bescheiden und still waren. Natürlich, die Revolution hat die alten Traditionen beseitigt, deshalb wurden die Geburtstage früher auch nie gefeiert. Aber jetzt haben sie eine Feier verdient. Nachdem sie allen drei Kindern ein Studium ermöglicht und einen kleinen Wohlstand für die Familie erarbeitet haben, wollen sie als gute Eltern anerkannt werden. Und das kann ich verstehen.«

Nach dieser langen Erklärung hatte Robert schon besser begriffen, worum es hier ging. Aber so richtig wohl war ihm nicht bei der Sache. Es konnte ja sein, dass Tingyis Eltern großartig waren, dennoch waren sie fremde Personen für ihn. Was würden seine Kollegen sagen, wenn sie erführen, er habe einen Kotau vor irgendwelchen Chinesen gemacht? Sie würden ihn auslachen oder zumindest sehr merkwürdig anschauen. »Tingyi, wo soll ich mit meinem Gesicht hin, wenn ich in China einen Kotau mache?«, fragte er hilflos.

»Ich erzähle es niemandem«, versicherte sie. »Ich habe meinen Eltern schon gesagt, dass der Kotau nicht mehr zeitgemäß ist«, sagte sie sanft. »Ich denke, wenn sie achtzig sind, werden sie keinen Kotau mehr verlangen. Aber sie stammen noch aus der alten Zeit, sie haben selbst noch alljährlich vor ihren Eltern gekniet. Ich glaube, sie wollen einfach spüren, dass sie es richtig gemacht haben, und selbst einmal oben sitzen.«

Sie streichelte seine Wangen und küsste ihn auf die Lippen. »Meine Eltern sind Kinder. Schenken wir ihnen diese Zeremonie. Das bedeutet nicht, dass wir unterwürfig sind. Du wirst sehen, hinterher wirst du stolz auf dich sein.«

Robert hatte sich darauf besonnen, dass er als Gast in diesem Land war, und wollte auch den Familienfrieden nicht stören. Nach langem Kampf mit sich selbst sagte er: »Gut. Aber ich tue das nur für dich.«

»Danke«, sagte Tingyi, und Robert war noch in der Neujahrsnacht reich belohnt worden.

Und nun stehen sie hier auf dem Teppich, um ihren Beitrag zum Gelingen der Feier zu leisten. Die Laudatio fällt Robert nicht schwer. Er lobt die Eltern dafür, dass sie alle drei Kinder wohl erzogen und ihnen zum Erfolg verholfen haben, was die Anwesenden beifällig aufnehmen. Aber dann kommt der Moment, indem er gegen seinen Willen die Beine weich machen soll.

Als Tingyi neben ihm langsam auf die Knie geht, atmet Robert tief ein und lässt sich dann wie ein Baum fallen. Einen Augenblick lang sieht es gefährlich aus, als könnte er umkippen und sich oder den so viel kleineren Vater verletzen. Aber in letzter Sekunde bewahrt er das Gleichgewicht. Als er den ersten Kotau gemacht hat, fällt ihm der Rest nicht mehr schwer. Schwuppdiwupp haben er und Tingyi alle drei Kotaus absolviert, und auch das rote Geschenktütchen hält er ganz korrekt mit beiden Händen über den auf die Erde gesenkten Kopf. Als er das Gegengeschenk in die Hand gedrückt bekommt, springt er auf wie ein Hirsch und tritt an die Seite. Die Anwesenden klatschen, während sich Robert mit der Hand die Anstrengung vom Gesicht wegwischt und ein schüchternes Lächeln aufsetzt.

Erst jetzt folgt ein reichliches Frühstück, und dann geht die Familie in den Xiaogang-Park wie Hunderte andere Familien, um einen Spaziergang und Fotos zu machen. Sportliche können auch Federball oder Tischtennis spielen und Boot fahren. Nur das alte Elternpaar bleibt zu Hause, um aufzuräumen und sich ein wenig auszuruhen. Die Mutter verspricht aber, dass sie und der Vater bald nachkommen werden.

Die Frühlingssonne strahlt über der Stadt. Im Park sind zahllose bunt gekleidete, vergnügte Menschen unterwegs. Sie promenieren und schwatzen, auch Liebespaare sind dabei, die sich aber kaum je berühren. Die Familie Sui hat bald einen Platz auf der Wiese zum Federballspielen gefunden, schon schwingen die Erwachsenen die Arme und schlagen die Bälle im lauen Wind. Maomao und Lulu rennen zwischen den Bäumen herum und sammeln die großen heruntergefallenen Blüten, um sie alsbald wieder wegzuwerfen. Tingyi ist mit ihrer Kamera beschäftigt. Sie macht Porträts von allen Familienmitgliedern.

Robert hat nicht damit gerechnet, dass er mit Tingyis Bruder so viel Spaß haben kann. Der Chinese hat ihn zu einer Partie Tischtennis herausgefordert. Auch in Berlin spielen er und Tingyi gelegentlich an der Platte hinter dem Haus, es ist der einzige Sport, bei dem die zierliche Freundin gut mithalten kann, aber das Match mit Wangyang wird bald zum verbissenen Wettkampf. Beide schlagen so hinterlistig und explosiv, wie sie können, und jedes Mal, wenn einer gewonnen hat, fordert der andere Revanche. Das Spiel ist so spannend, dass sich eine Menge Zuschauer sammeln, die sehen wollen, wie der Deutsche sich schlägt. »Hallo«, rufen sie gutmütig, »bist du der Bruder von Timo Boll?«

Nach einer Stunde sind beide müde. Sie setzen sich auf eine steinerne Bank und trinken Orangensaft. Robert nutzt die Gelegenheit und stellt ein paar Fragen nach der Familiengeschichte. Wangyang scheint den Deutschen zu mögen und erzählt in gebrochenem Englisch alles, was der Gast wissen möchte.

»Als er noch im Stahlwerk Jiangyou war, ging es meinem Vater nicht schlecht. Die großen Staatsbetriebe wurden hoch subventioniert. Aber nach Dengs Reformen Ende der siebziger Jahre änderten sich die Verhältnisse. Private Unternehmen schossen wie Pilze aus dem Boden, und die Angestellten dort verdienten viel mehr. Mein Vater wusste, dass Jiangyou keine große Zukunft mehr hatte. 1997 wurden die Subventionen gestrichen. Die Arbeiter sind auf die Straße gegangen, um dagegen zu protestieren. Aber unser Vater marschierte nicht mit. Er hatte wohl längst den Entschluss gefasst, an die Küste zu gehen, wo Tausende neue Betriebe entstanden. Und weil

Tingyi da studierte, wählte er Kanton. An seinem sechzigsten Geburtstag hat er sie dort an der Uni besucht.

Der Himmel hatte offenbar Mitleid mit uns und half mit. Im selben Jahr bestand Tuya die Aufnahmeprüfung und ging an die Uni in Shenzhen. Ich habe damals in Chengdu bei einer Behörde gearbeitet. Ich war seit zwei Jahren verheiratet. Wir hatten gerade unsere Tochter Lulu bekommen. Ich hatte eigentlich gar keine Lust, wegzugehen, aber Vater hat einfach nicht lockergelassen. Schließlich bin ich mit ihm gefahren. Er hat Stellenangebote herausgesucht und mich beraten. Aber es hat nicht geklappt. Drei Monate später sind wir wieder hergefahren, und da hab ich einen kleinen Job im Verkauf bei einer Computerfirma bekommen. Ich weiß auch nicht wieso, aber seither geht es mir gut.«

»Und wann sind die anderen gekommen?«, fragt Robert.

»Nun ja, meine Schwester Tingyi war ja schon da. Aber die wohnte im Studentenwohnheim. Also kamen meine Eltern zu uns in die Wohnung. Es war ein ziemlich schäbiges Loch und wir hatten auch nur zwei Zimmer, aber meine Eltern haben sich mit ihren sechzig Jahren sofort auf Arbeitssuche gemacht. Sie kannten außer ihren Kindern sonst niemanden hier, und weil sie kein Kantonesisch konnten, wurden sie am Anfang oft ausgelacht. Aber sie lernten schnell ein paar Dialektbrocken, und mit ihrer freundlichen Art gewann unsere Mutter bald ein paar Nachhilfeschüler. Und mein Vater kriegte einen Halbtagsjob als Buchhalter bei einem Handwerksbetrieb. Es waren harte Jahre, aber ich glaube, meine Eltern sind glücklich hier. Nur, dass Tingyi nach Deutschland gegangen ist …«

Wangyan bricht hastig ab, weil er Robert nicht kränken möchte. »Nun ja, sie ist wie ein Drachen hoch aufgestiegen und wurde vom Wind weggetragen. Ich hoffe, dass es ihr gut geht bei euch.«

Die Sonne hängt schon schief am Himmel. Sie haben alles ausprobiert, was ihnen Spaß macht: Boot fahren, Tischtennis spielen, Rollschuhlaufen, auf der Wiese posieren und sich fotografieren lassen, herumsitzen und frisch geröstete Kastanien knacken ... Drei Stunden haben sie nun schon im Park verbracht, aber Vater Sui und Mutter Li wollen sich noch immer nicht zeigen. Dabei wird es allmählich Zeit, um essen zu gehen. Wangyang beschließt, die Eltern zu Hause abzuholen. Die anderen folgen ihm gerne.

Zu Hause kommt Mutter Li ihren Kindern und Enkelkindern wie immer lächelnd entgegen. »Wir sind nicht mehr jung, wir brauchen etwas länger«, erklärt sie und streichelt Maomao über den Kopf. Der runde Tisch ist aufgeräumt und frisch gedeckt. Vater Sui schlurft aus dem hinteren Bereich herbei, steht aber nur stumm herum. Er scheint schlechter Laune zu sein.

»Wollen wir jetzt essen gehen, Papa? Wir haben allmählich Hunger«, fragt Tingyi munter. Da ihr Bruder Wangyang die Familie schon mehrmals zum Essen eingeladen hat, hat sie darauf bestanden, die Rechnung für heute zu übernehmen, und fühlt sich verantwortlich.

»Wir gehen gleich los. Aber ruht euch erst mal aus und trinkt eine Tasse Tee«, sagt die Mutter.

Schon ist die Gruppe auseinandergegangen. Der eine will sich die Hände waschen, der andere muss auf die Toilette. Robert hat ziemlich geschwitzt und will sich rasch umziehen. Tingyi stellt sich auf den Balkon, um sich in den letzten Sonnenstrahlen zu baden. In Berlin ist der Himmel im Winter meist düster, so dass sie nie genug von der Sonne hat. Während sie den Verkehr auf der Straße betrachtet, kommt die Mutter herausgeschlichen und zieht die Glastür hinter sich zu.

»Dein Vater ist sehr verärgert über Rettichkopf, weil er sein Geschenk klein und unpassend findet«, sagt sie leise.

Tingyi wirft ihr einen erschrockenen Blick zu.

»Ich habe mit ihm geschimpft und seine Geldgier getadelt. Aber er grollt immer noch. Geh bitte vorsichtig mit ihm um, und wenn er seinem Ärger irgendwie Luft macht, musst du Rettichkopf irgendein Märchen erzählen, ja? Er muss ja nicht mitbekommen, dass dein Vater böse auf ihn ist.«

Jetzt fällt Tingyi auf, dass der Vater den Mund kaum aufgemacht hat, seit sie aus dem Park zurück sind. Sie dreht sich um und versucht, durch die Glastür einen Blick auf den Vater zu erhaschen, aber die Mutter versperrt ihr den Weg.

»Was ist denn los? Robert hat seinen Kotau gemacht und ihm noch zweihundert Euro geschenkt. Das sind zweitausend Yuan. Davon kann man hier einen Monat lang leben. So klein ist das Geschenk also gar nicht«, sagt Tingyi ratlos. Sie fragt die Mutter, ob ihr Geschenk auch zu klein war. Sie hat den Vater schon am Telefon gefragt, wie viel sie ihm mitbringen soll, und da hat er gesagt, sie sei die Ärmste von ihren Geschwistern, deswegen müsse sie ihm gar nichts schenken. Es genüge schon, dass sie überhaupt komme, dann seien die Eltern sehr glücklich. Wenn sie ihnen aber unbedingt etwas schenken wolle, seien zweihundert Euro genug. Das hat Tingyi geglaubt. Deswegen hat sie ihrem Freund geraten, zweihundert Euro in seine Tüte zu stecken. Sie selbst wollte ihren Vater allerdings überraschen und hat ihm gleich ein Dutzend Fünfzig-Euro-Scheine ins Tütchen gesteckt. Das war offenbar gar keine gute Idee.

Die Mutter beteuert, der Vater habe nichts gegen die Tochter, seine Wut sei allein gegen Robert gerichtet. In seinen Augen seien Deutsche allgemein reich. Sie fahren BMW und haben ein Haus mit Garten. Mit zweihundert Euro könne ein Deutscher sich vielleicht gerade einen Tag lang die Zahnlücken füllen.

»Was haben denn die anderen gegeben?«, fragt Tingyi und

erfährt, dass ihre Schwester und ihr Schwager dem Vater jeweils tausend Yuan geschenkt haben. Wangyang aber sei jetzt Vertriebsleiter und verdiene recht gut. Er und seine Frau haben jeweils zehntausend Yuan in die Tüte gesteckt, flüstert die Mutter.

»Wow, zwanzigtausend Yuan zusammen. Das ist natürlich beeindruckend«, sagt Tingyi und verdreht die Augen. »Ihr habt einen sehr guten Sohn. Papa muss doch vor Glück lachen.«

»Dein Vater feiert nur alle zehn Jahre einmal Geburtstag, also gib dir Mühe, ihn aufzuheitern, ja?«, sagt die Mutter und eilt, ohne auf eine Antwort zu warten, wieder ins Wohnzimmer. Sie hat aus den Augenwinkeln gesehen, dass Robert wieder aus seinem Zimmer gekommen ist. Sie geht auf ihn zu und bietet ihm dies und jenes an, damit ihm nicht auffällt, dass die Stimmung gekippt ist.

Nach einer Stunde schwärmt die Familie vollzählig aus, um im Restaurant weiterzufeiern. Jeder geht in seinem eigenen Tempo, und schon bald ist die Marschkolonne weit auseinandergezogen. Vater Sui ist heute extrem langsam und bildet das Schlusslicht. Seine Frau hat sich bei ihm eingehakt und lächelt ihn an, als wäre sie frisch verliebt. Doch ihr Mann starrt stur geradeaus.

Tingyi hat das in der Nähe liegende Restaurant ›Shanghai‹ ausgewählt, weil sein Eingang so elegant aussieht. Das Lokal ist geräumig und gut ausgestattet. Auf jedem Tisch steht eine bunt glänzende Karte und wirbt für ein Neujahrsmenü für zehn Personen für 2200 Yuan. Allerdings ist das Restaurant völlig leer.

Tingyi ist mit Robert vorausgelaufen, um sich über die Spezialitäten des Hauses zu informieren. Sie hat gerade einen Tisch ausgesucht und Tee bestellt, da spaziert Wangyang herein und sagt zu ihr: »Nein, hier essen wir nicht. Der Tee kostet pro Kopf sechs Yuan. Das ist reine Blutsaugerei. Bei anderen zahlt man sechs Yuan für die ganze Kanne.« Er sagt es so laut, dass es die Kellnerin, die neben Tingyi steht und auf weitere Bestellungen wartet, Wort für Wort mithören kann.

»Es soll nur schmecken. Geld ist nicht das Problem«, sagt Tingyi zu ihrem Bruder und tut so, als hätte sie ein dickes Portemonnaie bei sich. Aber ihre Stimme klingt nicht überzeugend. Denn die Karte mit dem 2200-Yuan-Angebot sticht ihr ins Auge und erinnert sie daran, dass sie gar nicht so viel Geld bei sich hat. Was ist, wenn der Vater die Karte sieht und sich dieses Menü wünscht?

Aber Wangyang erhält Unterstützung von seiner Frau. »Hier isst ja niemand. Es schmeckt bestimmt nicht. Lass uns woanders hingehen«, flüstert sie Tingyi zu.

Tingyi muss zugeben, dass ihre Schwägerin wahrscheinlich recht hat. Jetzt heißt es, schnell zu verschwinden, bevor der Vater kommt und sich womöglich auch aufregt. Die Teebestellung wird auf der Stelle zurückgezogen, und ein paar Minuten später sitzen alle an einem rechteckigen Tisch in einem gemütlichen Restaurant mit Hunan-Küche und werfen hungrige Blicke auf die leckeren Gerichte der anderen Gäste.

Normalerweise isst die Familie gern scharf, aber heute fürchtet Mutter Li einen Wutausbruch ihres Mannes, deswegen sagt sie, es sollten nur milde Speisen bestellt werden. Tingyi wirft einen verstohlenen Blick auf den Vater, um seine Stimmung zu erfassen. Dann fragt sie ihn mit sanfter Stimme, was er gern essen würde. »Egal. Irgendwas«, gibt der Vater zurück und starrt weiter geradeaus in die Luft, als wolle er überhaupt nicht hier sein.

Aus ihrer Kindheit weiß die Tochter, was der Vater gern isst, aber die heimische Küche findet man im Restaurant sowieso nicht, und nach so vielen Jahren in Deutschland fällt es ihr schwer, Vaters Lieblingsgerichte zielsicher aus der Speisekarte herauszuangeln. Daher gibt sie die Speisekarte an ihren Bruder weiter und bittet ihn zu bestellen. Wangyang tut wie geheißen, allerdings bestellt er nur eine Suppe und fünf Gerichte, um das Portemonnaie seiner Schwester zu schonen.

Robert lässt seine Blicke schweifen, und als Tingyi ihn fragt, was er gern hätte, zeigt er mit dem Finger auf den Nachbartisch. Dort ist gerade Lamm- und Hasenfleisch am Spieß serviert worden, das in roten Peperoni schwimmt.

»Du willst ›Buddhas Finger im Feuermeer‹ kosten?«, fragt Tingyi entsetzt. »Hast du schon deine Erfahrung mit dem Feuertopf vergessen?« Sie bestellt jedoch das gewünschte Gericht, um wenigstens einen zufrieden zu stellen.

Die Speisen werden wie gewohnt zügig serviert. Jeder holt sich das, was er essen möchte, auf den eigenen Teller, und der erste Bissen von jedem Gericht gebührt natürlich dem Vater. Den muss er sich aber nicht selbst holen, den legen ihm seine Frau oder sein Sohn auf den Teller. Tingyi hat sich ihm gegenübergesetzt, so dass sie ihm diesen Dienst nicht erweisen muss. Bei »Buddhas Finger im Feuermeer« sagt der Vater sofort, dass er davon nichts haben will. Sein Wunsch wird wortlos erfüllt. Da er das von Robert bestellte Gericht verschmäht, halten sich die anderen ebenfalls deutlich zurück. Umso mehr freut sich Robert. Denn er bekommt acht von den zehn »Fingern«, und jeder schmeckt ihm besser als der vorher.

Die Familie ist weniger glücklich. Es zeigt sich bald, dass Wangyang zu wenig bestellt hat. Mutter Li schlägt vor, einen weiteren Topf Suppe nachzubestellen, weil sie gemerkt hat, dass die Markknochen in der Lotuswurzelsuppe ihrem Mann gut geschmeckt haben. Es ist inzwischen schon kurz nach vier. Die meisten Gäste, die zum Mittagessen gekommen sind, haben das Restaurant mit vollem Bauch wieder verlassen. An den leeren Tischen beginnen die Kellner schon sauber zu machen und fürs Abendessen zu decken. Eine Kellnerin kommt zum Tisch der Familie, muss die Gäste aber enttäuschen, weil die gewünschte Suppe ausgegangen ist. Wangyang schaut auf die Speisekarte und bestellt eine Seetangsuppe. Aber auch diese ist nicht mehr da.

Die Familie hat jetzt keinen Appetit mehr auf Suppe. Stattdessen wird Nachtisch bestellt. Vater Sui isst gern weichen Kürbiskuchen. Aber den scheinen auch andere zu mögen, denn er ist ebenfalls ausverkauft. Also weicht die Familie auf Ananaskuchen aus, und alle freuen sich auf die frisch gebackenen, papierdünnen Blätterteigleckerbissen. Aber nein, das knusprige, leicht gesüßte Gebäck isst die ganze Stadt gern, und in der Küche ist kein einziger Ananaskuchen mehr zu haben.

Bei so vielen Nein wird Vater Sui ungehalten. »Holen Sie den Leiter des Restaurants«, sagt er mit starrem Gesicht. Die Kellnerin windet sich. Sie erklärt, dass es heute einen unerwarteten Gästeansturm gegeben habe, und bittet um Nachsicht. Aber der Vater wiederholt seine Forderung. Mit etwas mehr Nachdruck.

Jetzt fällt sogar Robert auf, dass der Vater irgendwie nicht gut gelaunt ist. Was denn los sei, fragt er seine Freundin, ob er bei der Zeremonie vorhin doch etwas falsch gemacht hätte? Tingyi verneint und erzählt eine wilde Geschichte über einen Patensohn aus Sichuan, der heute Mittag seinen Besuch kurzfristig abgesagt und ihrem Vater damit den Geburtstag verdorben habe. Das ist nicht mal gelogen, nur beim Zeitpunkt der Absage hat sie ein bisschen geschummelt: Der Patensohn hat vor Wochen schon abgesagt.

»Dein Vater hat einen Patensohn?«

»Natürlich«, erklärt Tingyi. »Mein Vater war in seiner Heimat eine angesehene Person. Er hat sogar zwei Patensöhne. Der eine war ein junger Kollege von ihm.« Sie nimmt sich schnell eine Erdnuss aus dem Vorspeisenschälchen, das immer noch auf dem Tisch steht. »Ich vermute, der Patensohn will deshalb nicht kommen, weil mein Vater ihm kein Zimmer angeboten hat.«

Das klingt plausibel, denkt Robert. Aber die Geschichte kommt ihm zu plötzlich. Zwei Patensöhne, wie vom Himmel gefallen, die keinen Platz mehr im Hause Sui finden – irgendwie ist ihm unbehaglich dabei.

Auf der anderen Seite des Tisches sieht es inzwischen sogar noch weit ungemütlicher aus. Der Dienst habende Manager des Restaurants, ein junger Mann mit billigem Anzug, ist inzwischen erschienen. Er lächelt übermäßig freundlich und entschuldigt sich auch gleich, dass so viele Angebote nicht mehr bestellt werden können.

Aber Vater Sui zeigt keine Gnade. »Sie wissen doch, dass heute Neujahr ist! Wir haben bei Ihnen viermal *peng dingzi* kassiert – viermal auf den Nagel gestoßen. Sie verderben einem damit das ganze Jahr. Wie können Sie Ihren Gästen so etwas antun?« Vater Sui sagt es nicht laut, aber äußerst verbittert. Und Wangyang unterstützt ihn mit lauter Stimme. In einem Gericht habe eine Zutat gefehlt. Und das andere habe auch nicht so geschmeckt, wie der Name verspreche. Für eine solche Bewirtung müsse der Manager einen Rabatt geben.

Der Manager kann seinen Anzug hergeben, aber keinen Rabatt. Er lächelt noch breiter und verbeugt sich noch tiefer als vorher. »Sie haben recht. Ich habe schon meine Leute zum Markt geschickt. Kommen Sie heute Abend wieder, und Sie werden zufrieden sein.«

Aber Vater Sui will natürlich nie wieder in dieses Restaurant gehen, und mit der Entschuldigung des Managers will er sich auch nicht zufriedengeben. Sein Sohn legt sich mächtig ins Zeug und listet immer mehr auf, was nicht akzeptiert werden kann.

Tingyi weiß, dass alle Chinesen anspruchsvolle Feinschmecker sind. Aber in den Jahren in Deutschland hat sie sich ihr chinesisches Selbstbewusstsein als Restaurantbesucherin abgewöhnt. Sie schlürft an ihrem Chrysanthemen-Tee und schaut verlegen zur Seite.

Für Robert sieht das alles wie eine Scharade aus, wenn Tingyi nichts übersetzt. Irgendwann kann er seine Neugier nicht zurückhalten und fragt sie: »Ist etwas nicht in Ordnung?« Für ihn ist das Essen genauso wunderbar gewesen wie jeder Besuch in einem der kantonesischen Restaurants.

»Ach, mein Vater sucht nach einem Knochen in einem Hühnerei«, sagt sie leise.

Auf der anderen Seite des Tisches bemüht sich der Manager um eine friedliche Lösung. Er hat inzwischen herausgefunden, woher die Gäste kommen, und versucht eine Brücke zu schlagen. »Wir sind doch aus Nachbarprovinzen – ihr kommt aus Sichuan, wir aus Hunan. Hier in der Fremde sind wir doch fast wie aus einer Familie. Lassen Sie uns Freundschaft schließen! Ich möchte Ihnen und Ihrer Familie einen Nachtisch nach Ihrer Wahl schenken!« Der junge Mann streckt Vater Sui beide Hände entgegen, fügt aber hastig hinzu: »Das heißt, Sie können wählen, was meine Küche noch anbieten kann.«

Jetzt muss Vater Sui doch lächeln. Er nimmt die rechte Hand des jungen Mannes, und schon ist die Versöhnung besiegelt.

Am Ende legt Tingyi vierhundertfünfzig Yuan auf den Tisch. Und damit verlässt die Familie doch noch halbwegs zufrieden das Restaurant ›Bei den Dörflern‹.

Aber die Stimmung des Vaters hat sich nicht wirklich verbessert. Ursprünglich hatte die Familie geplant, spazieren zu gehen und abends eine Karaoke-Bar zu besuchen. Aber der

Vater geht nur bis zum Ufer des Perlflusses mit, damit Tingyi ein paar Erinnerungsfotos machen kann. Danach löst er die Gruppe auf mit der Ausrede, morgen werde noch weitergefeiert, da müsse man Kräfte sparen. Schon macht er sich auf den Weg nach Hause. Die Geschwister haben Kinder und wollen etwas unternehmen, aber Tingyi spürt keine Lust, sich von Maomao terrorisieren zu lassen, und geht mit Robert allein spazieren.

Gegen sieben kommt das Paar mit Regenperlen im Haar zu Hause an. Der Vater sitzt auf der Bank und starrt in den Fernseher. Ein Sketch. Das Publikum im Studio lacht sich schief. Aber der Vater lacht überhaupt nicht. Die Mutter faltet frische Wäsche, holt aber gleich ein Handtuch, als sie die nassen Haare der Kinder sieht. Dann bringt sie zwei Schalen schwarzen Kräutersud auf den Tisch. Die eine für die Tochter und die andere für Rettichkopf. Beide dampfen nur leicht. »Die Medizin hat schon ein Weilchen auf euch gewartet.«

Robert trinkt seine Schale mit einem Zug aus, um die Bitterkeit nicht lange kosten zu müssen. Während er mit einem Schluck Orangensaft nachspült, schweift sein Blick zu dem kleinen Lederkoffer mit den Mah-jongg-Steinen. Er fragt, ob man nicht vielleicht spielen könnte. Vier Spieler wären doch gerade richtig. Die beiden Frauen haben nichts dagegen. Aber der Vater lässt nichts von sich hören. Tingyi gibt Robert leise zu verstehen, dass der Vater nicht spielen möchte. Daraufhin zieht sich Robert ins Schlafzimmer zurück und widmet sich seinem Tagebuch.

Als die Eltern mit der Tochter allein sind, kann der Vater nicht mehr an sich halten. »Schick den Ausländer nach Hause«, sagt er. Wut schwingt in seiner Stimme mit. »Er missachtet mich als Familienvater.«

Sofort geht Li Hong auf ihren Mann los: »Hör auf, deiner Tochter das Leben noch schwerer zu machen. Sie lebt ganz allein im Ausland am Himmelsrand und ist auf Freunde angewiesen. Oder willst du dir Flügel nähen und hinfliegen, wenn sie Hilfe braucht?«

Nach dem ersten Schock fasst Tingyi sich schnell. »Papa, Deutsche leben anders als wir. Dort bekommen Kinder meist Geld von den Eltern geschenkt und nicht umgekehrt«, erklärt sie. Um sich zu beruhigen, trinkt sie ganz langsam zwei Schlucke von ihrem Sud. »Ich bin nicht mit Robert verheiratet. Ich kann und will auch nicht über sein Geld verfügen. So leben die jungen Leute in Deutschland nun mal. Nicht wie hier, wo die Verheirateten ihr Geld zusammenlegen und die Ehefrau alles verwaltet. Du wirst zulassen müssen, dass andere Menschen nach anderen Vorstellungen leben. Außerdem gehört auch Robert nicht zu den Gutverdienenden. Zweihundert Euro sind für ihn schon ein ordentliches Geschenk.«

Bei diesem Gespräch wird der Fernseher keineswegs leise gestellt. Immer wieder hört man im Hintergrund Lachsalven. Außerdem schlägt Regen an die Balkontüren, denn draußen herrscht stürmisches Wetter.

»Aber ein Schwiegervater ist ein Schwiegervater. Und dem schuldet man nun mal Respekt«, sagt der Vater. »Hast du nicht gesagt, dein Rettichkopf verdient viel mehr als du?«

Tingyi weiß, worauf der Vater hinauswill: dass die Schwiegerkinder ihm genauso viel geschenkt haben wie ihre Partner. Nach diesem Prinzip hätte Robert ihm genau wie Tingyi nicht zwei-, sondern sechshundert Euro schenken sollen. »Papa, sei doch ehrlich. Denkst du, Xiuzhu hat dir wirklich zehntausend Yuan geschenkt? Nein. Für diese Summe hätte sie mit ihrer Arbeit als Qualitätskontrolleurin jahrelang sparen müssen. Das Geld kommt eindeutig von deinem Sohn. Er hat es nur schön verteilt, damit du seine Frau magst«, sagt Tingyi nüchtern. »Papa, wenn ich später mehr verdiene, werde ich dir auch mehr geben.«

Daran zweifelt der Vater nicht. Tingyi ist ein großzügiges Kind und hat den Eltern bei jedem Besuch Geld zugesteckt. Aber ebendeshalb kann er nicht ertragen, dass sich die Tochter offenbar einen geizigen Partner ausgesucht hat. »Du glaubst wohl, du bist ganz klug. Dabei wirst du ausgenutzt. Wenn du deine hübschen Jahre hinter dir hast und er dich verlässt, stehst du ausgesaugt und verbraucht da. Was hast du dann noch? Du hast gar nichts. Du bist nur das billigste Proletariat in einem kapitalistischen Land.«

»So schlimm ist Robert nicht, dass er mich nur ausnutzen will.« Tingyi lässt sich von ihrem Vater nicht beleidigen. »Ich glaube, er möchte schon gern mit mir alt werden. Er ist auch nicht geizig zu mir. Bei meiner ersten Fotoausstellung hat er alles für mich bezahlt und später auch kein Geld von mir zurückverlangt. Aber man kann nie wissen, ob man es wirklich schafft, ein Leben lang zusammenzubleiben. Das verlange ich auch nicht von ihm.«

»Rettichkopf hat jedem ein Geschenk mitgebracht«, mischt die Mutter sich ein. »Außerdem habe ich den Eindruck, dass er Tingyi sehr liebt. Das ist doch das A und O.« Doch ihre Worte stoßen beim Vater auf taube Ohren.

»Trenn dich so schnell wie möglich von ihm und such dir einen besseren Partner«, verlangt der Vater. »Er versteht eine chinesische Familie nicht. Und früher oder später wird er dich auch nicht verstehen, weil du eine Chinesin bist.«

Tingyi saugt hörbar die Luft ein, als wolle sie sich wie ein Luftballon aufpumpen. »Papa, seit wann bist du so gierig nach Geld von anderen? Du hast drei Kinder ordentlich aufgezogen, wieso begnügst du dich nicht mit ihren Geschenken?« Ihre Stimme schmeckt allmählich nach Schießpulver.

»Selbst mein Patensohn schenkt mir mehr Geld als dein Rettichkopf. Und du willst mir weismachen, dass er mich nicht missachtet, ja?« Der Vater spielt angestrengt mit der

Fernbedienung. Aber seine Stimme ist genauso ruhig wie immer.

»Dein Patensohn schenkt dir mehr, weil du für ihn etwas getan hast. Aber was hast du für Robert getan? Nichts. Robert ist kein undankbarer Mensch. Tust du etwas für ihn, wird er dir nächstes Mal auch ein größeres Geschenk bringen«, gibt Tingyi prompt zurück. Sie spricht immer schneller, als übe sie, mit den Worten zu schießen.

»Er trinkt und schläft bei uns und kriegt jederzeit ein Essen vor den Mund gestellt, wenn er Hunger hat. Dafür sorgen wir, obwohl wir doppelt so alt sind wie er. Wir, die Alten, haben ihm, dem Jüngeren, Gastfreundlichkeit erwiesen, und was tut er? Er macht mich mit zweihundert Euro zu einer lächerlichen Figur. Er glaubt wohl, wir Chinesen dürfen ihm nur den Hintern putzen, oder was?!« Der Vater ist beim Schießen mit Wörtern nicht langsamer als seine Tochter.

Tingyi starrt den Vater eine Weile stumm an. Vor acht Jahren, als sie zum Studium nach Deutschland flog, hatte sie genauso eine Auseinandersetzung mit ihm. Der Vater wollte einfach nicht, dass die Tochter in die Ferne ging. Er wollte sein Kind nicht verlieren.

Wie damals kann Tingyi auch heute kein Einverständnis herbeiführen. Gut, dann gibt es eben kein Einverständnis. Wenn es nicht anders geht, muss sie gegen den Willen des Vaters handeln.

Sie stellt sich dicht vor ihn hin. »Möchtest du, dass wir ins Hotel gehen, Papa? Das können wir heute noch erledigen.«

»Nein, das kommt gar nicht in Frage.« Die Mutter wirft sich dazwischen und schiebt die Tochter ein Stückchen vom Vater weg. »Sei ein bisschen nachsichtig mit deinem Vater, Kind. Er ist nur deshalb so eifrig mit dem Geldsammeln, weil er eine Wohnung in Hongkong kaufen will für euch Kinder. Er würde es sich ein Leben lang vorwerfen, wenn du nach

Hause kommst, aber nicht bei uns übernachtest. Wir haben doch extra diese große Wohnung gekauft, damit ihr alle bei uns übernachten könnt.« Sie tätschelt der Tochter den Arm, als könnte sie gleich verschwinden. Dann wendet sie sich ihrem Mann zu: »In letzter Zeit bist du schlimmer als die Kapitalisten. Du siehst und riechst nur noch Geld. Wo ist dein Herz nur geblieben?«

Der Vater schaltet den Fernseher aus und geht wortlos ins Schlafzimmer. Es verletzt ihn tief, dass die Tochter damit gedroht hat, ihre Eltern zum zweiten Mal zu verlassen.

»Ich hab doch gesagt, du sollst nicht so streng sein zu deinem Vater«, sagt die Mutter und seufzt. Zum ersten Mal zeigt sie sich unzufrieden mit der Tochter. »Wenn er seinem Herzen Luft machen muss, dann stell dich taub und lass ihn einfach reden. Hast du gehört, Tingyi? Morgen wird er sich schon beruhigen.«

Das Gewitter tobt die ganze Nacht hindurch. Regen peitscht an die Fenster und von den Bäumen im Park brechen Äste herunter. Gegen zwei Uhr morgens wird Robert von einem krachenden Blitzschlag geweckt. Neben ihm liegt Tingyi, zu seiner Überraschung ist sie hellwach, und als sie merkt, dass er aufgewacht ist, beginnt sie ihn leidenschaftlich zu küssen.

»He, he«, sagt er, »seit wann hast du denn Angst vor einem Gewitter? So kenne ich dich ja gar nicht.« Er legt seine Arme um sie und fühlt sich sehr stark.

7. Kapitel

»Ich wollte mich von ihm trennen«

Jiangshan yigai, Bingxing nanyi – es ist leichter, einen Fluss umzuleiten oder einen Berg zu versetzen, als die Gewohnheit der Menschen zu ändern. Dieses Sprichwort passt auch auf Tingyi und Robert. Während die Fotografin morgens gern lange schläft, steht der junge Wissenschaftler früh auf und stürzt sich voller Energie in die Arbeit – oder was immer. In China ist es nicht anders. Aber das stört Robert nicht. Eigentlich freut er sich sogar, dass er jeden Morgen ein wenig Zeit allein mit Tingyis Eltern verbringen kann. Die Verständigung mit Händen und Füßen macht Spaß.

Heute scheint wieder so ein Tag der Überraschungen zu sein. Der Sturm hat sich gelegt und das Gewitter ist weitergezogen. Die Straßen und Bäume sind aber immer noch pitschnass, so dass Robert keine Lust auf Joggen hat. Er beschließt, gemütlich Tee zu trinken und ein mitgebrachtes Fachbuch zu lesen. Auf seinen Vortrag hat er sich bereits in Berlin gut vorbereitet, aber er will vor den Chinesen ganz sicher sein.

Der Vater lässt sich nicht blicken. Aber kaum hat Robert den Tee aufgebrüht und seine Unterlagen auf dem runden Tisch ausgebreitet – inzwischen kann er mit dem Elektrokocher, dem Teenetz und der Thermoskanne gut umgehen und hat sich auch schon zehn kleine H-Milchtüten gekauft –, da kommt die Mutter mit einem Karton auf ihn zu. Robert fürchtet, dass er jetzt wieder eine Wunder wirkende Medizin schlucken muss. Stattdessen zaubert die Mutter eine nagelneue Nikon-Spiegelreflexkamera aus der Verpackung, und Robert macht große Augen. Das muss wirklich ein schweineteures Ding sein!

»Hey, das ist ja ein tolles Teil!«, platzt er auf Deutsch heraus. »Echt was für Profis!«

Die Mutter drückt ihm den schweren Apparat in die Hand und gibt ihm zu verstehen, dass er Fotos machen soll. Der Akku ist bereits aufgeladen und eingesetzt.

»It's foo Tingyi«, sagt die Lehrerin leise und zeigt in Richtung des Schlafzimmers.

Die Kamera ist von den Eltern als Belohnung für Tingyis Examen gedacht. Die Eltern wollten die anderen Kinder nicht neidisch machen, deswegen haben sie das Geschenk bei der Neujahrsfeier zurückgehalten, um es Tingyi in einem ungestörten Moment überreichen zu können. Jetzt, nach dem Streit zwischen Vater und Tochter, fürchtet Mutter Li, dass ihr Mann einem unvernünftigen Impuls folgt und Rettichkopf aus dem Haus treibt, deswegen will sie die Verbindung zwischen Robert und Tingyi befördern, so gut sie nur kann. Die ganze Nacht hat sie fieberhaft überlegt, was sie tun könnte. Und dann kam ihr die Idee mit der Kamera ...

»O ja! Da wird Tingyi sicher vor Freude in die Luft springen.« Robert glaubt jetzt, die Mutter zu verstehen. Aber wieso zeigt die Mutter ihm das Geschenk? Will sie sich vergewissern, ob sie die richtige Wahl getroffen hat? Robert nickt eifrig: »Tingyi hat schon lange von einer Nikon geträumt«, sagt er langsam und überdeutlich auf Englisch.

Aber die Mutter scheint auf Englisch nur ein paar Wörter zu können. Sobald ein ganzer Satz gesagt wird, tut sie so, als hätte sie nichts gehört. *»Flom you. Not flom mi«*, sagt sie und führt einen langen Fingertanz dazu auf, um jedes Missverständnis auszuschließen.

Robert hingegen glaubt, er kann die Mutter nur missverstehen. Doch Li Hong wiederholt die gleichen Wörter in gleicher Reihenfolge noch einmal. Ihr Blick ist ebenso mahnend wie aufmunternd. Und außerdem flüstert sie, um die Schlafende im Nebenraum nicht zu wecken. Es kommt ihm vor, als wolle sie ihn in einen Geheimplan einweihen. Aber wozu? Ist die Kamera Schmuggelware oder ein unterschlagenes Fundstück? Schämt sich die Mutter deswegen und will sie der Tochter nicht selbst geben? Mit verwirrtem Gesicht packt Robert die Kamera wieder ein und schiebt sie der Mutter über den Tisch.

Aber das scheint die alte Frau nicht akzeptieren zu wollen. Sie schiebt den Karton ärgerlich wieder zurück. Er soll die Kamera nehmen, so viel ist klar.

»*Foo Tingyi. Flom you*«, wiederholt die Mutter, fast schon ein bisschen streng. Dann macht sie wieder eine Menge Handbewegungen. Wenn sie auf sich selbst zeigt, hält sie immer sofort die Hand vor den Mund: Nichts verraten! Irgendwas stimmt nicht mit diesem Geschenk, sonst würde die Mutter nicht diese Verschwiegenheit von ihm fordern. Aber kann es denn etwas Böses sein, was diese liebe alte Frau von ihm will?

Jetzt erlaubt die Mutter nicht mehr, dass er den Karton noch einmal zurück auf den Tisch stellt. Erst als er im Sprachstil der Mutter sagt: »*Okay. For Tingyi. From me*«, lächelt die Mutter ihn strahlend an. Es sieht aus, als hätte er das Rätsel richtig erraten. Dann droht ihm Li Hong mit dem Finger, so dass ihm nichts anderes übrig bleibt, als die Hand aufs Herz zu legen und ihr zu versprechen, dass er Tingyi nichts von diesem kleinen Geheimnis verrät.

Er steht auf und geht in Richtung Arbeitszimmer, um seinen Auftrag gleich zu erfüllen. Doch die Mutter hält ihn zurück und schüttelt den Kopf, als hätte er etwas Falsches vor. Sie lässt sich den Karton geben, schiebt ihn in eine Plastiktüte und versteckt ihn im Wandschrank. Es folgt eine weitere lange Scharade, bis Robert begreift, dass er Tingyi erst dann das Geschenk geben soll, wenn Vater und Mutter nicht in der Nähe sind.

Was für eine lustige Familie! Das schauspielerische Talent der Mutter ist wirklich erstaunlich! Robert nickt verschwörerisch und freut sich auf das fröhliche Chaos, das er demnächst auslösen wird. Er fragt sich, ob die Mutter vielleicht früher Theater gespielt hat und deshalb bis heute noch Spaß an solchen kleinen Intrigen hat. Wofür das Stück gut sein soll, weiß er allerdings immer noch nicht. Er fürchtet nur, dass Tingyi von ihm enttäuscht sein wird, wenn die Wahrheit ans Licht kommt. Denn bislang hat er ihr noch nie so etwas Teures geschenkt. Aber sei's drum. Versprochen ist versprochen. Und gut gespielt muss es sein.

Beim Frühstück überlegt Robert die ganze Zeit, wie er seinen Part in Szene setzen soll. Tingyi fällt auf, dass er gleich dreimal mit den Stäbchen danebengreift. »Was ist mit dir los, Roloko? Bist du heut eigentlich joggen gewesen?«

Robert sagt weder ja noch nein, sondern lächelt nur etwas verlegen. Nach dem Frühstück wird die Bühne für ihn frei geräumt, glaubt er: Die Mutter wird einkaufen gehen. Der Vater ist sowieso nicht im Haus. Wo ist der alte Mann eigentlich so früh hingegangen? Heute ist doch sein echter Geburtstag und ein Feiertag obendrein. Egal. Wichtig ist, dass Tingyi und er jetzt allein sind.

Aber es kommt alles ganz anders. Die Mutter ist noch nicht außer Haus, da kommt Wangyang mit seinem Dienstwagen gefahren, um Robert zum Golfspielen einzuladen – genauer gesagt, zum Üben des Abschlags für Möchtegern-Golfer, und Mutter Li entführt die Tochter zu einem befreundeten Schneider. Das interessiert Robert nun überhaupt nicht – er kauft alle seine Klamotten bei Karstadt und C&A. Da geht er schon lieber mit Wangyang zum Sport.

Tingyi hat sich eigentlich abgewöhnt, maßgeschneiderte Kleider zu tragen. Das ist ein Luxus, den sich Menschen wie sie in Deutschland nicht leisten können. In Kanton sind die Löhne für Schneider zwar auch stark gestiegen, aber nicht unerschwinglich. Da Li Hong vom Können des Schneiders sehr schwärmt und auch schon Seide für eine Jacke und Kleider bestellt hat, geht Tingyi schließlich mit. Sie will es sich nicht auch noch mit der Mutter verderben.

Meister Kun, der Schneider, ist ein alter, freundlicher Mann mit runzligem Gesicht und kommt ebenfalls aus Sichuan. Er ist verwitwet und wohnt bei seiner Tochter. Als die Gäste eintreffen, strömt die ganze Familie ins Wohnzimmer, um sie zu begrüßen. Nach dem Austausch der Neujahrsglückwünsche und der Geschenke setzen sich alle an den mit allerlei Knabberzeug beladenen Tisch, um sich zu unterhalten. Die Alten loben die Kinder, die eigenen und die des Gegenübers. Häppchenweise geben sie die Erfolge der Kinder bekannt und werden dabei immer vergnügter. Scheinbar beiläufig und doch voller Stolz erzählt Mutter Li vom deutschen Hochschulabschluss der Tochter und von den Fotos, die sie veröffentlicht hat. Tingyi kommt sich vor wie der neue Mercedes. Bei dem alten Mann ist es kaum anders. Da seine Tochter Naturwissenschaftlerin ist, hört es sich an, als wäre sie fast schon Madame Curie.

Die Mittagsstunde nähert sich. Tingyi will es mit dem Besuch nicht übertreiben und drängt allmählich zum Aufbruch. Erst jetzt bittet Meister Kun die Gäste in sein kleines Schlaf- und Arbeitszimmer, um Tingyis Maße zu nehmen. Seine Tochter und Enkeltochter kommen ebenfalls mit und geben allerlei Ratschläge. Es dauert lange, bis alle Details festgelegt sind und sich die Besucherinnen verabschieden können.

Auf dem Rückweg macht die Mutter einen Umweg. Sie sagt, sie müsse den Briefkasten in der alten Mietwohnung leeren, wo die Eltern noch bis vor einem Jahr wohnten. Aber ihr Gesicht ist so düster, dass Tingyi auf ganz andere Gedanken kommt. Sorgt die Mutter sich um den Vater? Er hat offenbar heute Morgen nach dem Aufstehen ohne ein Wort die Wohnung verlassen. Ist er in die alte Wohnung gegangen, um der Tochter aus dem Weg zu gehen?

Die Wohnung in der Nähe des Qingping-Marktes auf der nördlichen Seite des Perlflusses kennt Tingyi gut. Sie ist etwas dunkel, weil sie in einem alten Haus liegt, hat aber vier Zimmer und ist ziemlich geräumig. Ihre Eltern haben jahrelang mit Tuya und ihrem Mann darin gewohnt, bis der kleine Maomao ein Jahr alt war. Dann zog das junge Paar aus, und ein Jahr später leisteten die Eltern sich eine Eigentumswohnung. Jetzt wohnen sie vierzig Minuten von der früheren Wohnung entfernt im Süden der Stadt. Die alte Wohnung wollten sie aber nicht aufgeben, weil hier der Unterricht stattfindet, den Mutter Li abhält.

Das ehemalige Wohnzimmer hat sie zu einem richtigen kleinen Klassenraum umgewandelt, mit drei wackligen Tischen und einem Sammelsurium von Stühlen und Sesseln. Aber auch der alte Computer des Vaters steht hier. Die restlichen drei Zimmer sind untervermietet an Wanderarbeiterinnen.

Als Mutter und Tochter in die schmale Straße einbiegen, glaubt Tingyi, auf dem Balkon der alten Wohnung im fünften Stock bunte Frauenwäsche zu sehen, rote Höschen und BHs. »Sind die Untermieter nicht zum Neujahrsfest nach Hause gefahren?«, fragt sie überrascht.

»Der Schnee im Landesinneren«, sagt die Mutter. »Der Zugverkehr ist immer noch unterbrochen, und viele sitzen in der Stadt fest.«

Dann stößt sie einen lauten Seufzer hervor. »Bei uns sitzt

auch eine ganz fest.« Sie beschleunigt die Schritte, als hätte sie es plötzlich eilig. Aber es ist schwierig, in dieser Gegend schnell vorwärtszukommen. Das Gewitter hat Schlamm auf der Straße hinterlassen. Außerdem kippen die Leute, die in dieser Gegend wohnen, das Wasser aus ihren Putzeimern und das Abwaschwasser ungeniert auf die Straße. Überall haben sich kleine dreckige Pfützen gebildet. Ein stinkendes Müllsammelhäuschen, aus dem überall Plastiktüten mit Abfall herausquellen, zeigt nur allzu deutlich, dass diese Gegend sich nicht mit der neuen Adresse von Mutter Li messen kann.

Im Briefkasten sind nur Werbebroschüren, sonst nichts. Die Mutter wirft einen raschen Blick durch die Gittertür ins dunkle Treppenhaus, dann senkt sie den Blick und bleibt unschlüssig stehen, als wüsste sie nicht, was sie tun sollte.

»Wollen wir mal raufgehen? Papa ist vielleicht hier«, sagt Tingyi.

»Nein, nein. Lass uns nach Hause fahren«, sagt die Mutter und kehrt hastig zurück auf die Hauptstraße, was der Tochter merkwürdig vorkommt. Als sie um die Ecke sind, bleibt die Mutter plötzlich stehen, als ob ihre Beine bleischwer wären. Sie stützt sich gegen eine Wand und keucht. Auf einmal sieht sie traurig und blass aus. »Die anderen Kinder wissen es schon. Du bist so weit weg, dass ich dich nicht damit belasten wollte. Aber ich kann es dir nicht länger verschweigen.« Die alte Frau vergräbt das Gesicht in den Händen und fängt an zu weinen. »Dein Vater hat ein Verhältnis. Jetzt hat er sogar eine Freundin in unserer alten Wohnung. Ich habe ihm gesagt, er soll die Sache vor eurer Ankunft beenden, damit wir unbeschwert das Frühlingsfest feiern können. Aber er hört überhaupt nicht mehr auf mich. Wie soll ich nur weiter mit ihm zusammenleben?«

Der Schock für Tingyi ist so groß, dass ihr das Blut in die Füße sinkt. Für Sekunden erstarrt sie zu Eis.

Nur langsam kehrt das Leben in ihr zurück, sie greift nach ihrer Mutter und hakt sich bei ihr ein. »Seit wann ist Papa so einer?«, fragt sie mit tonloser Stimme.

»Seit fast zehn Jahren. Seine erste Affäre hatte er noch in Jiangyou. Es war eine seiner Kolleginnen, die ihn sehr mochte. Sie wurden nachts in seinem Büro beim Sex ertappt. Schon damals hätte er fast seine Arbeit verloren.« Mutter Li wischt sich mit einem Taschentuch die Augen und biegt mit gesenktem Kopf in eine ruhige Gasse. Sobald sie Schritte hört, dreht sie sich so, dass die Passanten ihr Gesicht nicht sehen können.

»Ich wollte mich damals von ihm trennen. Aber er wollte nicht. Tuya war noch zu Hause, und dein Vater wollte die Familie aufrechterhalten, für euch. Er schwor mir, so etwas nie wieder zu tun. Wir versöhnten uns, aber in Jiangyou konnten wir nicht mehr bleiben. Die Leute haben getratscht und uns schief angeschaut, sobald wir auf der Straße waren. Deswegen beschlossen wir, nach Süden zu gehen.«

»Ich dachte, ihr seid hierher gezogen, weil das Stahlwerk bankrott war«, sagt Tingyi. Tochter und Mutter gehen Arm in Arm wie zwei Busenfreundinnen.

»Das war die zweite Katastrophe, die deinem Vater dann tatsächlich den Boden unter den Füßen wegzog. Sie suchten nach einem Sündenbock für die Misswirtschaft, und da kam ihnen die Sex-Geschichte mit der Kollegin gerade recht«, seufzt die Mutter. »Es war eine schlimme Zeit. Als käme zum Taifun noch Hochwasser dazu.«

Li Hong hat beschlossen, der Tochter jetzt alles zu sagen. Da der Anfang schon gemacht ist, gibt es kein Halten mehr. Wie Bohnen aus einem Bambusrohr schüttet sie alles heraus, was sie schon so lange quält. So erfährt Tingyi, was aus der Liebe ihrer Eltern geworden ist.

Das Leben in Kanton war am Anfang zwar schwer, doch Vater Sui und Mutter Li hielten fest zueinander und halfen sich gegenseitig. Es war, als erlebten sie eine zweite Jugend. Die körperliche Liebe spielte dabei kaum noch eine Rolle. Irgendwann, kaum merklich, verschwand sie ganz aus ihrem Schlafzimmer.

»Mama, das ist ja schrecklich«, sagt Tingyi voll Mitleid. Jetzt begreift sie, warum ihre Mutter viel mehr Falten im Gesicht hat als der Vater. »Du hättest dir auch einen Seitensprung gönnen sollen.« Der Satz wäre ihr fast von der Zunge gerutscht. Doch sie schluckt ihn in letzter Sekunde herunter.

Aber die Mutter ist mit ihren Gedanken ohnehin ganz woanders. »In der Kulturrevolution wurde ich als schwarzes Element abgestempelt, obwohl ich damals erst Junglehrerin war. Ich war ja nicht in der Partei, ich hatte keine Erfahrung, und ich war schüchtern. Meine Schule wollte das vorgegebene Kontingent an ›Reaktionären‹ erfüllen, und ich wurde geschlachtet. Ich durfte jahrelang keinen Unterricht geben und musste stattdessen den Schulhof fegen«, sagt sie. »Auch die Karriere deines Vaters war dadurch gefährdet. Ohne meine Verurteilung wäre er schnell zum großen Funktionär aufgestiegen. Deswegen hegte er lange einen Groll gegen mich. Nachts im Bett hat er mir immer wieder vorgeworfen, dass ich nicht vorsichtig genug gewesen sei oder dass ich meine Kollegen falsch eingeschätzt hätte. Später war er wieder unzufrieden mit mir, weil ich ihm nur einen Sohn geschenkt habe. Ich wusste nicht, was ich noch tun sollte. Ich habe viele Tränen vergossen ...«

Aber die Mutter war keine schwache Frau. Mit den Verhältnissen in Kanton kam sie besser zurecht als der Vater. Bald hatte sie Nachhilfeschüler und brachte mehr Geld nach Hause als er. Der Vater musste lange warten, bis er wieder etwas verdiente.

Vielleicht war es die ständige Suche nach Arbeit, die Vater Sui nach draußen trieb, vielleicht war es die Gewohnheit, täglich zur Arbeit zu gehen. Jedenfalls hielt er es zu Hause nicht aus. Mal besuchte er potenzielle Auftraggeber, mal ging er zum nächsten Aktienhandelshaus, um etwas zusätzlich zu verdienen, was natürlich nicht immer klappte. Misstrauisch wurde die Mutter erst, als er immer später nach Hause kam.

Dann sah Tuya, die jüngste Tochter, den Vater zufällig eines Tages mit einer stark geschminkten Frau im Restaurant essen, und die nächste Affäre flog auf. Diesmal war es die Inhaberin eines Frisiersalons, die sich von Vater Sui bei der Steuer beraten ließ. Zu Hause lösten Tränen und Streit einander ab. Der Geliebten wurde das bald zu viel, und sie gab die Beziehung auf.

Irgendetwas an der Erzählung der Mutter verwirrt Tingyi. »Meinst du, dass Papa schon immer so war? Hat er das von seinem Vater geerbt?«

»Nein. Sein Vater war ein redlicher Bauer. Und dein Vater war mir früher auch treu. Aber nach der Liberalisierung, nach all den Reformen haben sich die Dinge geändert. Es gibt keine Treue mehr. Viele Männer haben sich eine Geliebte gesucht. Es ist wie eine Seuche, die sich im ganzen Land ausbreitet, und dein Vater hat sich bereitwillig anstecken lassen. Jetzt besitzt er kein Herz mehr.« Tränen rollen der Mutter über die Wangen und in den Mund. Sie wischt sich das Gesicht mit dem Ärmel.

Mutter Li scheint die richtige Diagnose gestellt zu haben. Denn kaum war die alte Affäre beendet, da begann Vater Sui erneut mit einer fremden Frau anzubandeln. Als sie den Ehemann vor ein paar Monaten mit der jungen Untermieterin sprechen hörte, war ihr gleich klar, dass der Mann sein Versprechen erneut gebrochen hatte. Die Frau ist vierzig Jahre jünger als Vater Sui. Dass sich die beiden im Herzen lieben, kann Tingyis Mutter einfach nicht glauben. Die junge Frau kommt aus Hunan und hatte lange Zeit keine Arbeit in

Kanton gefunden. Sie brauchte Hilfe und Zuwendung. Die versuchte der alte Mann ihr zu geben und bekam dafür ein paar Streicheleinheiten. Es war ein Tauschgeschäft, beruhte auf gegenseitigem Einverständnis.

»Mama, jeder Mensch hat seine Bedürfnisse. Und der sexuelle Trieb ist eine der stärksten Antriebskräfte des Menschen«, wendet die Tochter leise ein.

»Und was macht das Flittchen mit deinem Vater? Sie nutzt ihn aus. Sie borgt sich von ihm Geld und gibt es ihm nie zurück. Dann hat sie ihn dazu gebracht, die Miete auf die Hälfte zu senken. Inzwischen wird sie immer frecher und kackt uns direkt auf die Köpfe: Seit zwei Monaten zahlt sie einfach gar keine Miete mehr. Sie hat inzwischen eine Arbeit, aber wir wackeligen Alten sollen für ihre Miete aufkommen. Wenn ich das zulasse, wird sie noch den letzten Blutstropfen aus uns herauspressen.« Vor Zorn wird die Stimme der Mutter ganz heiser.

»Und was wünschst du dir jetzt, Mama?«, fragt die Tochter.

»Ich will dieses unverschämte Weib aus unserer Wohnung jagen. Aber sie saugt sich wie ein Krake an deinem Vater fest. Sie zieht einfach nicht aus.« Ihre Stimme bricht ab. Sie schwankt, als wäre sie eine vor Hunger schwindlige Bettlerin. Als sie die Promenade am Perlfluss erreichen, hebt die Mutter die Hände zum Himmel und sagt: »Ich habe alles für deinen Vater getan, was eine gute Ehefrau für ihren Mann tun kann. Wieso tut er mir so etwas an?! Will er mich in den Tod treiben?« Sie fängt erneut an zu schluchzen. Die Tochter umarmt sie von hinten und murmelt: »Wein doch nicht, Mama. Es wird wieder besser.«

Es beginnt zu nieseln. Tingyi holt den Schirm aus der Tasche der Mutter und spannt ihn über ihre Köpfe. Die freie Hand legt sie um die Schultern der Mutter und streichelt sie sanft. Es kommt ihr vor, als hätten sie die Rollen getauscht und die Mutter wäre jetzt das zerbrechliche, schutzbedürftige Kind. Aber ist die Tochter, das ewige Sorgenkind der Eltern, denn stark genug, um die Mutter zu schützen? Ein Seufzer entspringt Tingyis Brust.

»Willst du vielleicht zu uns kommen und mit mir und Robert zusammenleben? Ein Leben im Hass ist doch nicht lebenswert«, sagt sie mit unsicherer Stimme, denn im Hinterkopf macht sie sich Sorgen ums Geld. Das Leben in Deutschland ist um einiges teurer als in China. Ob sie es schaffen würde, für sie beide genug zu verdienen?

»Nein. Was habe ich in meinem Alter noch in einem fremden Land zu suchen? Ich kenne dort keinen Teufel«, sagte die alte Lehrerin müde. Sie wolle nicht ihren Kindern zur Last fallen. Und wenn sie allein wohne, wisse sie gar nicht, wofür sie morgens noch aufstehen solle, dann wolle sie lieber früh sterben. Und warum solle sie vom Ehemann überhaupt verlassen werden? Sie habe doch nichts Falsches getan, jammert die Mutter und schluchzt und schluckt.

Tingyi wird klar, dass ihre Mutter eine typische chinesische Ehefrau ist. Die chinesische Tradition – *Jiaji suiji, jiagou suigou,* heiratet eine Frau einen Hahn, geht sie ihr Leben lang mit ihm; heiratet sie einen Hund, geht sie lebenslang mit dem Hund – ist bei ihr so tief verwurzelt, dass ein selbständiges Leben für sie keine Befreiung aus einer kranken Ehe, sondern nur Demütigung und Degradierung in der Gesellschaft bedeutet. Ausweglosigkeit und Traurigkeit ergreifen das junge Herz. Plötzlich möchte Tingyi weinen, für ihre liebe Mutter, aber auch für ihren Vater, der alle Kinder geliebt hat und immer noch liebt, dem seine Frau offenbar nicht mehr genügt, der sich aber ein Leben ohne sie auch nicht vorstellen kann. Tingyi lehnt sich mit dem Kopf an die Mutter und versucht mit aller Kraft, die Tränen zurückzudrängen. Fällt trotzdem ein Tropfen herunter, verschwindet er lautlos in Mutters

Samtjacke. Dann wischt sich Tingyi hastig mit dem Ärmel die Augen ab, bevor die Mutter es sieht.

Sie haben sich gerade Arm in Arm umgedreht, um über die Brücke nach Hause zu gehen, da klingelt Mutters Handy. Es ist der Sohn Wangyang. Die Männer hätten genug gespielt und seien jetzt hungrig. Wangyang wolle die ganze Familie zur Kantoner Bratgans einladen. Alle sollen so schnell wie möglich ins Restaurant *Guangzhou* im Stadtzentrum kommen.

8. Kapitel

Gefährlicher Leichtsinn

Im Restaurant *Guangzhou* setzt Mutter Li sich lächelnd neben ihren Ehemann, als wäre nichts weiter geschehen. Sui Kang schaut starr geradeaus und bleibt wortkarg. Da viele Gäste beim Mittagessen sind und es im Restaurant ziemlich laut zugeht, fällt das Schweigen des Vaters nicht auf.

»Papa, du bist zur Xinhua-Buchhandlung gegangen, hab ich gehört«, ruft Tingyi munter über den halben Tisch, um das Eis zwischen ihnen zu brechen. Die Rückansicht des verletzten Vaters gestern Nacht sitzt ihr immer noch wie eine Gräte im Hals.

»In die Buchhandlung geht Papa gern. Er will wissen, ob neue Steuerregeln aufgestellt worden sind«, verrät der Sohn Wangyang.

»Nein. Heute hab ich nach Büchern über den Aktienhandel geschaut«, erwidert der Vater knapp.

»Oh ja, das ist noch besser«, sagt Tuya, »Vater hat schon viel Geld beim Aktienhandel für uns verdient.«

»Das ist gut, dass Papa beim Geldverdienen immer tüchtiger wird«, lobt Tingyi. Ihre Befürchtung, sie habe den Vater mit dem gestrigen Streit noch mehr in die Arme seiner Geliebten getrieben, hat sich wohl nicht bewahrheitet.

Auch Robert ist sehr vergnügt und erzählt von den vielen hübschen Betreuerinnen im Golfclub, die um ihn herum gestanden hätten, um ihm Coca Cola einzuschenken oder ein

Handtuch zu reichen. Er habe schon immer mal ein richtiger Snob sein wollen, hätte aber nicht gedacht, dass sein Traum sich ausgerechnet in China verwirklicht.

»Du meinst, du hast dich wie ein Sultan mit einem reichlich bestückten Harem gefühlt«, sagt Tingyi leicht pikiert.

»Schöne Frauen gibt es unzählige auf der Welt. Aber ich liebe die schönste von ihnen. Das reicht mir«, sagt Robert. »Und damit du mir auch glaubst, hab ich dir ein Neujahrsgeschenk mitgebracht.« Er zaubert einen Karton hervor und überreicht ihn der Freundin.

Es ist genau jener Karton, den Mutter Li ihm am Morgen gegeben hat. Ursprünglich wollte er Tingyi, wie die Mutter es wünschte, das Geschenk erst am Abend unter vier Augen überreichen. Doch dann hat er sich überlegt, dass es viel effektvoller wäre, wenn die ganze Familie dabei ist …

Tingyi stößt einen Freudenschrei aus, als sie die Kamera sieht. »Die ist ja toll. Das muss das allerneueste Modell sein, die kenne ich ja noch gar nicht.« Sie fällt ihrem Freund um den Hals und küsst ihn vor aller Augen.

Der Geküsste schielt zu den Tischgenossen. Mutter Li lacht entzückt, als hätte sie im Lotto gewonnen. Die anderen klatschen wie bei einer gelungenen Show. Vater Sui hat kurz die Stirn gerunzelt, aber als er Tingyis Freude sieht, muss er ebenfalls lächeln. Nur die beiden Kinder, Lulu und Maomao, sind in irgendein elektronisches Gamespiel vertieft und interessieren sich nicht für die Erwachsenen.

»Ich hoffe, ich habe ein so teures Geschenk auch verdient«, sagt Tingyi gerührt und betastet zärtlich den Apparat. »Aber wie hast du es geschafft, die richtige für mich auszuwählen? Du kannst doch gar nicht Chinesisch.«

»Ich habe doch eine nette chinesische Familie«, sagt Robert und kaut die knusprige Gänsehaut. Aber er will natürlich keine weiteren Fragen zulassen, deswegen fügt er schnell hinzu: »Tingyi, ich habe einen Auftrag für dich: Du musst die schönsten Fotos von unserem Baby schießen und dann deinen Eltern schicken. Ich habe geträumt, dass wir eine sehr hübsche Tochter bekommen.« Seine Augen leuchten, als sähe er das Traumbild immer noch vor sich.

»Die Trauben sind noch nicht einmal angebaut, und du träumst schon vom Wein«, sagt Tingyi spöttisch, streichelt ihm aber zärtlich über die Wange. Ihre Aufmerksamkeit gilt jedoch bald wieder ihrem neuen Besitz. Nachdem sie die ersten Fotos gemacht hat, zeigt sie sich begeistert: »Schau, das Objektiv ist sehr lichtstark. Sogar bei diesem Dämmerlicht macht die Kamera noch gute Fotos. Roloko, du hast mir ein wunderschönes Baby geschenkt.«

Nach dem Gänseschmaus löst die Familie sich wieder auf und zerstreut sich in alle Himmelsrichtungen. Tingyi will ihr neues Geschenk ausprobieren und zieht Robert in Richtung der Altstadt. Der Regen hat aufgehört, und die sanfte Nachmittagssonne verwandelt die Stadt in ein goldenes Märchen. In der Ferne, über dem Baiyun-Berg, steht ein Regenbogen am Himmel. Die meisten Menschen gehen weiter, als würden sie von einer Strömung getrieben. Aber einige bleiben stehen, um den Regenbogen zu bewundern – Tingyi hebt die Kamera und hält den Augenblick fest.

Für Robert ist es ein Bummeln durch reizvolle Straßen. Er beobachtet die Menschen, die so viel kleiner und zierlicher sind als die Berliner, betrachtet die Auslagen der Geschäfte, vergleicht die Preise und sucht nach den wenigen Schriftzeichen, die er schon kennt: *Berg, Ausgang, Frau.*

Für Tingyi ist die neue Kamera eine Herausforderung, die Stadt neu zu entdecken und sie in Bildern festzuhalten. Straßen, Tempel, Geschäftsgebäude im chinesischen und europäischen Stil, Transparente und rote Laternen an Bäumen,

Verkaufsaktionen auf Straßen mit großem Tamtam, Menschenmassen und Einzelpersonen, alles interessiert sie und wird fotografiert. Auch von Robert macht sie einige Fotos, wenn er es nicht merkt. Kanton ist eine herrliche alte Stadt. Es wäre ein Traum, diese Bilder den Deutschen zu zeigen, als fotografisches Reisebuch sozusagen.

Dann bittet Robert sie, auch ein paar Erinnerungsfotos zu machen. In der Fußgängerzone auf der Shangjiustraße finden sie einen Verteilerkasten, der als Stativ dienen kann. Tingyi setzt die Kamera darauf ab, stellt den Selbstauslöser ein und baut sich mit Robert vor der Kamera auf. Während sie Kopf an Kopf in die Linse lächeln und auf das vertraute Klickgeräusch warten, schnappt sich plötzlich ein junger Mann in einer schwarzen Lederjacke den Apparat und rennt weg.

»Halt, das ist meine Kamera«, schreit Tingyi schrill und rennt hinter dem Mann her. Aber ihre Stimme geht im Straßenlärm unter.

»Gib unsere Kamera zurück!«, brüllt Robert so laut auf Deutsch, dass viele Passanten aufgeschreckt nach ihm schauen. Während er sich auf die Jagd nach dem Räuber macht, begreifen zwei Passanten schnell die Situation und rennen ebenfalls mit, um dem Ausländer zu helfen.

Robert hat die Hand ausgestreckt und will den Lederjackenmann gerade am Kragen packen, da ertönt schräg hinter ihm ein schriller Pfiff. Der Dieb dreht sich um, duckt sich beiseite, um Roberts Hand auszuweichen, und wirft die Beute über die Köpfe der Passanten hinweg in Richtung der Trillerpfeife. Drei, vier Meter von Robert entfernt, springt ein Mann wie ein Hecht in die Luft und schnappt sich die fliegende Kamera. Dann beginnt er ebenfalls zu rennen.

Robert steht eine Sekunde erschrocken da, als hätte ihm jemand einen Eimer kaltes Wasser über den Kopf gegossen. Er darf doch die Kamera von Li Hong nicht verlieren! Vor lauter Wut und Verzweiflung schlägt er dem Straßenräuber mit der Faust vor die Brust, so dass er zu taumeln beginnt. Dann stellt er dem Räuber ein Bein und stößt ihn zu Boden. »Bring ihn zur Polizei«, ruft er Tingyi zu, bleibt aber nicht stehen, sondern rennt jetzt hinter dem Komplizen her, der die Kamera hat.

Die zwei Passanten halten den Räuber fest und fangen ihn laut an zu beschimpfen. Wie könne er nur so dumm und blind sein, einen Ausländer zu berauben?! Er sei eine Schande für alle Chinesen, ein unwürdiger Hund, dem eine Lektion erteilt werden müsse. Tingyi macht ebenfalls zuerst ihrer Wut Luft. Dann erkundigt sie sich bei den Umstehenden nach dem nächsten Polizeirevier und bittet die beiden Helfer, den Räuber mit ihr zusammen dorthin zu bringen.

Als sie sich gerade zu viert auf den Weg machen, baut sich plötzlich ein stämmiger Mann vor ihnen auf, schiebt sich dicht an die Helfer heran und trompetet mit auffälligem Hunan-Akzent: »Der Mann hat doch gar kein Diebesgut bei sich! Woher wisst ihr denn, dass er ein Räuber ist, hm? Lasst den Mann los.« Er gibt einem der Helfer einen warnenden Stoß an die Schulter. Dieser spürt die Bedrohung und lockert seinen eben noch so energischen Griff. Schon stößt der Dieb mit der schwarzen Lederjacke den anderen Helfer mit dem Ellenbogen beiseite und macht sich aus dem Staub. Im nächsten Augenblick verwandelt sich der stämmige Mann in einen ganz normalen Passanten und steuert auf einen Laden zu. Die Schaulustigen stoßen wie aus einem Mund ein verdutztes »Ooo« hervor, aber niemand rennt hinter dem Räuber her. Die beiden Helfer wechseln einen verlegenen Blick, sie murmeln Tingyi ein paar entschuldigende Worte zu, dann setzen sie ihren Weg fort und lassen sie allein stehen.

Tingyis Gesicht verliert die Farbe und ein Auge beginnt zu zucken. Warum ist sie bloß eine schwache Frau? Warum ist sie kein großer, brutaler Schläger, der sich mit seinen Fäusten und Fußtritten durchsetzen kann? Verzweifelt schaut sie sich um. Wo ist denn bloß Robert geblieben? Sie vergräbt das Gesicht in den Händen, und ihre Haare zittern wie Gras im Wind.

Als Tingyi mit gesenktem Kopf und rot geschwollenen Augen in die Wohnung kommt, sind die Eltern entsetzt. Vor ein paar Stunden war sie noch wie eine frische Blüte, und jetzt sieht es aus, als hätte ein Blitz sie getroffen. Die Mutter vermutet einen Streit zwischen dem jungen Paar und fragt nach dem weggebliebenen Gefährten.

Robert sei von einer Räuberbande in eine Falle gelockt worden, sagt Tingyi, und werde womöglich gerade ermordet oder zumindest ausgeraubt bis auf die Unterhose. Er habe kein Handy für China, wie solle sie ihn nur finden? Wahrscheinlich sei er irgendwo an einer Autobahnausfahrt ausgesetzt worden und bibbere jetzt schon vor Kälte. Bei dieser Vorstellung treten Tingyi erneut die Tränen in die Augen. Sie legt den Kopf auf den Tisch und fängt hemmungslos an zu schluchzen.

Der pragmatische Vater will das nicht glauben. »Chinesen behandeln Ausländer freundlich«, sagt er. »Rettichkopf hat nie hier gelebt, also kann er in Kanton auch keinen Feind haben. Und selbst Räuber werden ihm seine Menschenwürde und seine Kleidung belassen.«

Diese Worte beruhigen Tingyi ein bisschen. Aber jetzt will die Mutter erst einmal wissen, was eigentlich wirklich passiert ist. Weil sie sowieso nichts anderes tun kann, erzählt Tingyi den Eltern alles haarklein. Als sie von dem Raub der Kamera und der Verfolgungsjagd hört, wird die Mutter blass wie Papier. »Wie konntest du nur so unvorsichtig sein?«

In ihrer Stimme schwingen Enttäuschung und Angst mit.

»Wie oft habe ich dir gesagt, in Kanton musst du stets auf der Hut sein. Hier gibt es nicht nur nette Menschen. Ich habe mit eigenen Augen gesehen, wie ein Halunke einer Frau die Goldkette vom Hals abriss und dann breitbeinig aus dem Bus stieg. Niemand wagte etwas zu sagen, geschweige denn der Frau zu helfen. Man wusste ja nicht, ob der Kerl nicht noch ein paar Komplizen dabeihatte. Jetzt hast du die teure Kamera gleich am ersten Tag wieder verloren!«

Tingyi fühlt sich schuldig und macht sich die größten Vorwürfe. Erneut beginnt sie zu schluchzen. Da klingelt es an der Tür. Sie öffnet, und als sie einen großen Mann mit schwarzem Gesicht sieht, stößt sie einen freudigen Schrei aus und wirft sich ihm an den Hals. Mit seinem von Kohle verschmierten Gesicht sieht Robert wie ein Gespenst aus. Aber die verloren geglaubte Kamera mit dem blitzenden Objektiv hält er triumphierend hoch über den Kopf wie einen schwarzen Diamanten, der die Menschheit erleuchtet. Klick, klick!

Die Rückkehr Roberts und der Kamera versetzt die Familie in Hochstimmung. Der Vater, der bislang keine Zuneigung zu dem Gast gespürt hat, schenkt ihm persönlich eine Tasse Tee ein, Tingyi versucht, sein zerzaustes Haar wieder in Ordnung zu bringen, und die Mutter bringt eine Schüssel warmes Wasser, damit er sein Gesicht wieder weiß waschen kann. Robert würde sich lieber unter die Dusche stellen, aber das lässt Tingyi nicht zu, solange er nicht mit seiner Geschichte herausrückt.

Also erzählt er, wie er hinter dem Komplizen des Räubers hergerannt war. Er habe sich den Mann genau gemerkt: Er hatte lange Haare, trug eine gelbe Ledertasche und eine grüne Jacke. Wenn er nicht dauernd Passanten hätte ausweichen müssen, hätte Robert den Burschen schon nach zwanzig Metern erwischt. Aber dann hatte er unglücklicherweise einen kleinen Chinesen umgestoßen und kostbare Sekunden verloren, als er ihm wieder aufhalf. Schon an der nächsten Kreuzung hatte er dann auch sein Jagdobjekt aus den Augen verloren. Er habe es gar nicht glauben können und sich mehrmals umgedreht, um den verschwundenen Gegner zu finden. Dann sei plötzlich ein Mann mit einer Baseballmütze geduckt aus einem Hauseingang gekommen. Das lange Haar habe unter der Mütze gesteckt, die grüne Jacke hatte der Mann auch ausgezogen und die Kamera sei verschwunden gewesen. Aber die gelbe Ledertasche habe Robert gleich wiedererkannt. Und als er sich dem Mann genähert hatte, war der Mann weggerannt. Eine neue Runde des Wettlaufs begann, nur dass der Dieb jetzt durch die Jacke behindert wurde, die er sich unter den Arm geklemmt hatte.

Sie seien zwei, drei Straßen hinuntergerannt, dann habe sich der Gejagte in einem Haus zu verstecken versucht. Aber Robert hatte ihn fest im Auge behalten, und als der Mann in den dunklen Hauseingang rannte, sei er ihm ohne Zögern gefolgt. Es ging durch zwei unbeleuchtete Gänge und Torbögen und dann stand er plötzlich auf einem von einer hohen Mauer umschlossenen Hof. Der Räuber versuchte gerade, über den an der Mauer aufgeschütteten Kohlenberg hochzuklettern, um auf die andere Seite zu kommen. Als Robert auf den schwarzen Berg zustürmte, habe der Bursche ein kleines Taschenmesser hervorgezogen. Instinktiv hatte sich Robert gebückt, einen großen Kohlebrocken aufgehoben und ihn nach dem Gegner geworfen. Getroffen hatte er den Räuber zwar nicht, aber als der Bursche dem Geschoss auszuweichen versuchte, sei plötzlich der ganze Berg ins Rutschen gekommen und der Kameradieb sei in einer Lawine aus Kohlebrocken und schwarzem Staub die Halde heruntergesegelt. Halb erstickt von Kohlenstaub fiel er Robert direkt vor die Füße. Robert brauchte sich nur noch die billige Kunstledertasche zu nehmen, in der tatsächlich die Kamera steckte. Und er war klug genug, auf weitere Strafmaßnahmen gegen den Bösewicht zu verzichten. Auf eine Diskussion mit der Polizei hatte er gar keine Lust.

»Roloko, du kannst in Kungfu-Filmen auftreten. Du hast das echte Tangobein: elegant und blitzschnell«, sagt Tingyi.

»Ehrlich gestanden, ich hab es getan, weil die Kamera nicht wirklich von mir kommt«, muss Robert jetzt zugeben und hebt verlegen die Hände. »Sie stammt von deiner Mutter«, sagt er und schließt die Badezimmertür hinter sich.

Verdutzt wendet sich Tingyi an ihre Mutter, die gerade einen Schrubber in die Hand nimmt, um die schwarzen Spuren wegzuwischen, die Robert auf den Fliesen hinterlassen hat. Die alte Frau tut zuerst überrascht und beschwert sich über das lose Mundwerk von Rettichkopf. Als die Tochter weiter auf die Wahrheit drängt, gesteht sie, dass sie und der Vater die Kamera als Belohnung für den erfolgreichen Studienabschluss der Tochter gekauft haben. Aber weil sie Rettichkopf so nett finde, habe sie ihm die Kamera gegeben, damit er sie Tingyi schenken kann.

Tingyi ist gerührt und bedankt sich bei den Eltern für das teure Geschenk. Beim Vater entschuldigt sie sich für ihr überdrehtes Verhalten von gestern. Vater Sui, der den ganzen Tag den Groll sowohl gegen den Deutschen als auch gegen die eigene Tochter mit sich herumgetragen hat, ist durch Roberts Heldentat wieder milder gestimmt worden. Dass die Tochter Versöhnung sucht, kommt ihm gerade recht. »Rettichkopf scheint ein vielseitiger Mann zu sein«, sagt er und schenkt seiner Tochter ein Lächeln. »Vielleicht genügt ja auch nur so ein Mann deinem Anspruch.«

Als Robert frisch geduscht aus dem Bad kommt, setzt sich die Familie an den Tisch und isst glitschige *Tangyuan* – in Wasser gekochte Klebreisklöße mit Füllung, damit das Neujahr rund und vollkommen ins Leben rutscht. Und nach dem

Essen schaut der Vater nicht wie gestern trotzig fern, sondern spielt mit der Familie wieder Mah-jongg. Robert beherrscht das Spiel heute viel besser, und nachdem er dreimal gewonnen hat, fühlt er sich wie ein chinesischer Spieler.

Als sie schlafen gehen, macht die Mutter Tingyi darauf aufmerksam, dass ihr Freund ein bisschen gehinkt hat. Sie fragt sich, ob sich Rettichkopf bei der Verfolgungsjagd womöglich verletzt hat.

Robert ist verblüfft und angetan zugleich, als Tingyi ihm eine Massage anbietet, als sie im Bett liegen. Sie beginnt bei den Waden und arbeitet sich langsam nach oben, und wo das endet, ist klar. Selbst als das Fußbrett des Bettes zu Boden kracht, kommen sie nicht zur Besinnung. Erst Minuten später, als es vorbei ist, lauscht Tingyi ängstlich, ob die Eltern wohl etwas gemerkt haben.

Aber es bleibt alles ruhig. »Meine Mutter findet, dass du ein großartiger Vater sein wirst«, flüstert Tingyi.

9. Kapitel

Der Mietunfall

Am nächsten Tag ist Tuya, die Jüngste, an der Reihe, die Familie zum Essen einzuladen. Tingyi bittet ihre Schwester, das Essen auf den Abend zu verlegen, damit sie tagsüber mit Robert etwas besichtigen kann. Tuya stimmt sofort zu, und Tingyi fragt sich, ob ihre Schwester nicht etwas im Schilde führt. Sie ahnt nicht, dass die ganze Familie heute etwas Wichtiges zu erledigen hat.

Nach dem Frühstück fahren Tingyi und Robert mit einem Taxi am Perlfluss entlang Richtung Osten. Es geht durch Industriegebiete und Hafenanlagen. Schließlich hält der Fahrer vor einer Anlegestelle am Fluss, dort steigt das Paar aus, und dann geht es mit einer Fähre zehn Minuten lang über das lehmige Wasser zur Changzhou-Insel.

Hier befindet sich die von Sun Yat-sen gegründete Huangpu-Militärakademie, an der Chiang Kai-shek und Tschou En-lai unterrichtet haben und zu deren Schülern auch Ho Tschi-minh gehört hat. Die Atmosphäre in dem weitläufigen Gebäudekomplex ist luftig und heiter, überall sind junge Leute unterwegs. Viele sehen wie Studenten aus. Tingyi und Robert spazieren durch die mit Torbögen und Balustraden, Höfen und Teichen verbundenen zweistöckigen Häuser und besichtigen Waffen, Gemälde, Fotos und Schautafeln. Robert ist sehr beeindruckt. »Eine schöne Anlage. So viel Harmonie!«

Als sie an den quadratischen Teich in der Mitte zurückkehren und den Goldfischen zuschauen, die träge darin herumschwimmen, sagt Robert plötzlich: »Weißt du, warum ich dich so liebe? Weil du im Herzen so großzügig bist. Weil du stets Frieden und Harmonie suchst. Selbst den schlimmsten Feind wirst du nicht ewig hassen, sondern ihm irgendwann verzeihen und dann mit ihm Frieden schließen. Du bist eine echte Chinesin.«

»Hm«, macht Tingyi und zeigt sich weder stolz noch enttäuscht. Die Vergänglichkeit der Liebe kommt ihr in den Sinn. »Falls du an eine mögliche Trennung in der Zukunft denkst, kann ich dir versichern, dass ich dich nie hassen werde. Du hast mir so viel Liebe gegeben, dass ich immer gut von dir denken werde, egal was geschieht.«

»Du bist ja sehr romantisch«, lacht Robert. »Wenn du mir den Kuchen einer Liebeserklärung servierst, streust du gleich wieder Pfeffer darauf.«

Plötzlich sind sie von Uniformierten umringt. Männer und Frauen in Tarnkleidung, die heftig gestikulieren. Robert erschrickt. Haben sie etwas falsch gemacht?

Erst als er sieht, dass die Frauen geschminkt sind und die Männer keine schwarzen Stiefel, sondern schneeweiße Turnschuhe tragen, beruhigt er sich. »Foto, Foto«, rufen die jungen Leute, und jetzt sieht er auch, dass sie keine Sturmgewehre, sondern Kameras in der Hand halten. Er glaubt, er solle die Gruppe fotografieren, und will nach einem der Apparate greifen, aber nein, es geht darum, dass er fotografiert werden soll! Erst mit der ganzen Gruppe gemeinsam, dann einzeln, wobei sich die jungen Frauen gleich links und rechts bei ihm einhaken. Das gefällt ihm so offensichtlich, dass Tingyi die Stirn runzelt und spöttisch die Augen verdreht. Von einem der jungen Männer erfährt sie, dass es sich bei den

»Soldaten« um Angehörige einer Computerfirma in Shenzhen handelt, die einen Betriebsausflug machen.

Nachdem der Ansturm vorbei ist, haben sie Hunger. Und diesmal gibt sogar Robert zu, dass er »eine Kleinigkeit« essen könnte. Sie setzen sich in ein bescheidenes Gartenrestaurant in der Nähe der am Ufer vertäuten Kriegsschiffe und wollen sich eine Mahlzeit gönnen. Aber das kleine Lokal ist hoffnungslos überfüllt. Es ist nicht zu übersehen, dass die Besitzer und ihre zwei Angestellten überfordert sind und hinter den vielen Bestellungen gar nicht mehr herkommen.

Robert betrachtet den Stadtplan. »Strategisch ist die Insel sehr interessant«, sagt er, offensichtlich stolz auf seinen »militärischen Sachverstand«, und trinkt zufrieden einen Schluck Bier Marke »Reines vom Perlfluss«. »Man wollte offenbar schon in der Qing-Zeit verhindern, dass feindliche Schiffe nach Kanton hinauffahren konnten. Siehst du? Hier sind zwei Geschützstellungen eingezeichnet.«

Aber Tingyi hat ein ganz anderes Schlachtfeld entdeckt. Drei Männer und eine Frau im mittleren Alter und mit dem Aussehen kleiner Beamter, schimpfen lauthals über den langsamen Service. Auf ihrem Tisch liegt ein ansehnlicher Berg von Knochen und Gräten, und es ist nicht zu übersehen, dass sie reichlich gegessen haben. Aber satt sind sie offenbar immer noch nicht, denn einer hat nachträglich scharf gebratene Kartoffelstreifen mit Fleisch bestellt. Das Gericht lässt offenbar auf sich warten, aber die Gäste haben keine Geduld. Sie schreien die Bedienung an und wollen die Bestellung stornieren, aber das junge Mädchen sagt leise, das sei jetzt zu spät, die Kartoffeln seien schon geschält und geschnitten. Drei Minuten später steht das frisch gekochte Gericht auf dem Tisch, aber jetzt fangen die Gäste erst recht an zu schreien, und einer von ihnen, ein untersetzter Bursche mit Tränensäcken und fahler Haut, fegt die Schüssel mit Fleisch und Kartoffeln vom Tisch. Seine Tischgenossen geben ihm Deckung und überschütten die Bedienung mit schmutzigen Drohungen. Dann stehen sie auf und ziehen weiter, ohne die Rechnung zu zahlen. Die Kellnerin und ihr Kollege, die beide erst siebzehn, achtzehn Jahre alt und noch zu zart für Handgreiflichkeiten sind, schauen den Zechprellern nach und verstummen.

»Ich wünschte, ich wäre so stark wie Rao«, sagt Tingyi. »Dann hätte ich diese Schurken Gerechtigkeit schmecken lassen.« Zornesflammen flackern in ihren Augen.

»Und was ist mit mir?«, fragt Robert mit großen Augen. »Wer hat denn gestern deine Kamera von den Räubern zurückgeholt?«

Tingyi fängt an zu kichern und will gerade antworten, da klingelt das Handy, das sie sich von ihrem Vater für die Zeit ihres Aufenthalts in Kanton geliehen hat. Kaum hat sie den Apparat aufgeklappt, dringt ihr die Stimme ihrer Schwester wie eine Sirene ans Ohr. Es handelt sich tatsächlich um ein Alarmsignal: Die Familie befindet sich mit der Untermieterin in der alten Wohnung im Streit und braucht offenbar dringend Verstärkung.

Tingyi ist bestürzt. Die Mutter hat gestern nichts angedeutet, dass es heute zu einer Auseinandersetzung kommen könnte. Aber wenn ihre Schwester auf diese Weise Alarm schlägt, muss die Familie wirklich in Not sein. Tingyi lässt einen Geldschein auf dem Tisch liegen und stürzt mit Robert aus dem Restaurant.

In der alten Wohnung der Familie Sui geht der Streit inzwischen seinem Höhepunkt entgegen. Zwei Parteien stehen sich im schwach erleuchteten Korridor dicht gegenüber, als wollten sie sich die Zähne ausschlagen. Noch ist die Gewalt nicht zum Ausbruch gekommen, aber die Spannung kann sich jeden Augenblick in Tätlichkeiten entladen.

Auf der einen Seite stehen Tingyis Eltern, Schwester Tuya und ihr Mann. Auf der anderen Seite die Untermieterin Jin Xiaomei und ihre Verwandten und Freunde. Schaut man von Vater Sui zu Xiaomei, der jungen Frau mit dem derben Bauerngesicht und der schicken Frisur, die ein Verhältnis mit Vater Sui haben soll, fragt man sich, ob Wasser und Hammer nicht besser zusammenpassen als diese zwei. Denn der Mann sieht zwar im Gesicht noch nicht alt aus, aber sein Rücken ist schon gekrümmt, am Hals sieht man Falten und seine Beine in der inzwischen zu weit gewordenen Hose wirken dünn und zerbrechlich. Er sieht aus, als könnte ein starker Windstoß ihn umwehen. Die Frau ist dagegen rund und kräftig und erinnert an einen fleischigen Baumstamm.

Im Augenblick steht das Paar ohnehin weit entfernt voneinander. Zwischen ihnen haben ihre Unterstützer sich aufgebaut und führen einen heftigen Wortkrieg gegeneinander. Tingyis Familie hat Jin Xiaomei aufgefordert, ihr Zimmer sofort zu räumen. Die Gegenseite will das nicht akzeptieren. Man braucht keinen zweiten Blick, um zu sehen, dass sich die junge Untermieterin die stärkeren Truppen gesichert hat. Sie und ihre Unterstützer sind nicht nur zu fünft, sondern außerdem deutlich jünger. Tingyis Familie kann dagegen nur vier Köpfe ins Feld führen, und davon sind zwei schon sehr grauhaarig. Wangyang kann seine Eltern nicht unterstützen, er wird in der Firma gebraucht. Er könne erst am Abend auf dem Schlachtfeld erscheinen, hat er Tuya wissen lassen. So lange müssen die anderen alleine durchhalten.

Aber noch ist es ja nicht zum Äußersten gekommen. Die Fäuste werden zwar schon geballt, aber nur zu rhetorischen Zwecken: Alle beschränken sich auf Beschimpfungen. Mit schriller Stimme verlangt Xiaomei zweitausend Yuan Schadensersatz, wenn sie jetzt ausziehen müsse. Komme kein Geld auf den Tisch, bleibe sie weiter hier wohnen. Tuya beschimpft die Frau als Familienzerstörerin und Betrügerin, die die Schwäche eines alten Mannes ausgenutzt habe, und will umgekehrt die ausgebliebene Miete sehen. Beide haben ihre Stimme so hochgeschraubt, als wollten sie das Haus zum Einstürzen bringen. Speichelperlen schießen über den Flur wie Gewehrkugeln. Es ist, als rebellierten die Wanderarbeiter gegen die Stadtbewohner. Die Luft scheint unerträglich heiß zu sein, obwohl die Temperatur in der Wohnung wie draußen gerade bei 15 Grad Celsius liegt. Sowohl den Männern wie auch den Frauen werden die Kleider zu eng. Sie können jederzeit aus der Haut platzen.

In diesem Moment treten Tingyi und Robert herein. Tingyi hat ihrem Freund unterwegs zu erklären versucht, worum es ungefähr geht und wie er sich zu verhalten hat. Aber als der Deutsche einen Blick in den Raum wirft, tut er genau das, was er am allerwenigsten tun darf: Er fängt an zu lachen. Die Szene kommt ihm sehr komisch vor: Ein Mann aus dem Lager der Gegner spielt absichtsvoll mit einem Nudelholz, aber seine Mäuseaugen verraten, dass er eigentlich lieber weglaufen würde. Ein anderer klammert sich an einer Stuhllehne fest, als wolle er das Möbelstück jeden Augenblick hochreißen und Tingyis Schwester über den Kopf schlagen. Und dazwischen schreien die beiden jungen Frauen sich an.

Tingyis Familie bietet keinen viel besseren Anblick: Mutter Li trägt ein schwarzes Kopfband, stützt sich auf einen Stock und betupft sich mit einem weißen Taschentuch das Gesicht. Der Vater steht zwei Schritte hinter seiner Familie und dicht an der Wohnungstür, als wolle er am liebsten gleich flüchten. Tuya und ihr Mann, besser und eleganter als alle anderen gekleidet, stehen unmittelbar an der Front, fuchteln aber beide mit ihren Handys herum, als überlegten sie, wen sie noch anrufen könnten.

Alle starren auf den lachenden Deutschen, als käme er von

einem anderen Planeten. »Wieso bringst du ihn hierher? Was soll er denn von uns denken?«, zischt Mutter Li ihrer Tochter zu, dann klopft sie mit dem Stock warnend an Roberts Knöchel. Ihr erhobenes Kinn zeigt zur Tür. Für Tingyi ein nicht misszuverstehendes Zeichen: Sie soll Robert sofort hier wegschaffen!

Tingyi ist froh, dass sie jetzt deutsch reden kann, was keiner der anderen versteht. »Roloko«, sagt sie. »Meine Mutter will dich aus dem Streit heraushalten. Aber wenn wir jetzt gehen, müssen wir ab sofort im Hotel übernachten.« Sie weiß auch nicht, was sie nun tun soll.

Aber Robert hat schon den Stock gespürt. Er ist klug genug, um seine Ungeschicklichkeit wiedergutzumachen. Er wischt sich das Lachen aus dem Gesicht und verwandelt sich in einen entschlossenen Kämpfer. »Was?! Ich soll die Wohnung verlassen? Das kommt nicht in Frage. Erst müssen die raus!«

Gesagt, getan. Robert geht auf den Mann mit dem Nudelholz zu und baut sich wie ein großer Krebs vor ihm auf. »Sie wollen meine Familie schlagen? Ihnen werd ich es zeigen! Ich bringe Sie zum Generalkonsulat! Geben Sie das Nudelholz her! Das ist Beweismaterial!«

Der Mann versteht natürlich kein Wort und ist völlig verwirrt von dem lauten Befehlston. Er überlässt Robert willig das Nudelholz, als der danach greift. Und als ihn Robert am Kragen packt und ins Treppenhaus schiebt, wehrt er sich auch nicht. Erst als Robert ihm die Tür vor der Nase zuknallt, wacht er auf und brüllt, dass er wieder hereinkommen wolle. Aber dann geht die Tür wirklich auf und der Furcht einflößende Ausländer steht wieder vor ihm. In der einen Hand hält er das Nudelholz und den Zeigefinger der anderen legt er stumm auf die Lippen. Der um einen Kopf kleinere Chinese begreift: Er soll draußen warten und ja keinen Lärm machen.

Er schaut wie hypnotisiert zu dem Ausländer auf, und als die Tür wieder zu ist, bleibt er tatsächlich still.

In der Wohnung steht es nun sechs zu vier, statt vier zu fünf. Die Veränderung der Kräfteverhältnisse macht den Gegnern zu schaffen. Wie kopflose Bienen beginnen sie zu summen und herumzurennen, um die Lücke in ihrer Reihe zu schließen. Eine günstige Gelegenheit, den Streit zu beenden. Tuya, die schon ganze Zeit eine führende Rolle im Lager der Suis gespielt hat, beginnt mit den Gegnern zu handeln. »Wir haben schon vor zwei Monaten gesagt, der Mietvertrag wird nicht verlängert. Wir haben dich dreimal gebeten, die Wohnung zu räumen. Wenn du heute nicht ausziehst, werfen wir deine Sachen hinaus!«, erklärt sie der Untermieterin.

»Dein Vater hat mich hier wohnen lassen. Das geht dich Rotzkopf überhaupt nichts an«, zischt Xiaomei zurück. Sie kommt sich plötzlich vor wie eine im Sack gefangene Katze, denn der Weg zur Wohnungstür ist jetzt versperrt: von Tuyas Ehemann und dem Ausländer.

»Mein Vater will dich nicht mehr, sonst wäre er nicht hier«, erklärt Tuya. Der alte Mann steht da wie ein unbeteiligter Zuschauer. Es sieht nicht so aus, als würde er etwas sagen. »Schieb nicht meinen Vater vor! Du hast ihn genug ausgenutzt. Was du uns schuldest, darauf verzichten wir. Aber wenn du noch Geld von uns erpressen willst, dann musst du erst Himmel und Erde vertauschen. Sag jetzt, ziehst du aus oder nicht? Wenn du nein sagst, dann tragen wir deine Sachen hier raus!«

Xiaomei verschränkt die Arme vor ihrer üppigen Brust und setzt ein trotziges Gesicht auf. »Meister Sui hat gesagt, ich darf hier lange wohnen.«

»Wir haben meinen Vater extra mitgebracht, damit du uns hier keine Märchen erzählst.« Tuya wendet sich dem alten Mann zu, der wie ein Traumwandler dasteht. »Papa, sag jetzt endlich was.«

»Wenn du noch ein Fünkchen Gewissen hast, dann gib ihr den Laufpass«, pflichtet Mutter Li bei und verleiht dem Satz Nachdruck, indem sie mit dem Stock auf den Boden klopft. In der Wohnung, wo es eben noch äußerst laut war, kehrt plötzlich Stille ein. Alle schauen zu dem Mann, der bislang kein Wort gesprochen hat.

»Ja, bitte ... zieh aus«, sagt der Vater so leise, als koste ihn jedes Wort eine ungeheure Anstrengung. Während er spricht, richtet er die Augen auf seine Schuhspitzen.

Die Untermieterin starrt den Mann eine volle Minute lang wortlos an, dann sucht sie Halt an der Schulter ihrer Freundin und bricht in Schluchzen aus. »Geile Männer haben alle kein Rückgrat«, sagt sie. »Erst hat er mich so dringend gewollt, und jetzt schmeißt er mich raus.«

»Das lassen wir nicht zu«, erklärt Xiaomeis Freundin, die zwei geflochtene Zöpfe trägt und jetzt schützend den Arm um die weinende Untermieterin legt. »Dein Vater hat eine Ehefrau, aber trotzdem hat er Xiaomei angerührt. Ihr könnt Xiaomei doch nicht einfach auf die Straße setzen!«

Tuya fährt aus der Haut. Hass flammt in ihren Augen auf. »Ist diese Füchsin jetzt schon die zweite Frau meines Vaters? Muss die Familie sie durchfüttern? Dann möchte ich wissen, was sie außer zwei-, dreimal Armstreicheln für meinen Vater getan hat!«, schreit sie. Ihr Zeigefinger sticht wie ein Messer aus ihrem Ärmel. »Der eine will berühren, die andere will berührt werden. Solange es beide freiwillig tun, haben nur die betrogene Ehefrau und ihre Familie zu klagen. Aber heute geht es nicht um diese Bettgeschichten, sondern um den Mietvertrag, der längst gekündigt ist. Die Wohnung gehört meiner Familie, nicht meinem Vater allein. Und wir können dieses üble Mietverhältnis nicht länger dulden. Die Frau muss hier raus, und zwar heute noch! Ist das klar?«

»Wir sind doch alle Chinesen«, mischt sich der Mann ein,

der vorhin noch krampfhaft den Stuhl festhielt. »Frieden steht doch für uns über allem.« Er schwingt mit einem Arm durch die Luft, um sich zu entspannen. »Meine Cousine hat noch keine andere Wohnung gefunden. Könnt ihr Xiaomei nicht noch einen Monat Zeit lassen?«

»Nein. Und nochmals nein!«, schreit Tuya, und ihre Mutter und ihr Ehemann wiederholen das Wort wie ein Echo. »Wir haben deiner Cousine klar gesagt, dass sie vor dem Frühlingsfest ausziehen muss. Aber sie hat es ignoriert und uns lächerlich gemacht. Jetzt ist Schluss damit.«

Xiaomei rennt schreiend in ihr Zimmer und schmeißt Schüsseln und Schalen samt Essensresten und Müll auf den Flur. Die Menge der Essensreste lässt vermuten, dass Xiaomei und ihre Unterstützer bei einer üppigen Mahlzeit auf die Auseinandersetzung mit der Familie Sui gewartet haben. Tuya springt hastig beiseite, um nicht von den fettigen Granaten getroffen zu werden.

»Ich will lieber sterben als leben. Was für ein herzloser Mann …«, jammert die Untermieterin, während sie eine weitere Schüssel hinausschleudert. Der Cousin läuft ihr nach und hält sie fest, damit nicht noch mehr Porzellan zu Bruch geht.

Jetzt wird es Tingyi zu viel. Sie streitet nicht gern und hat die ganze Zeit hinten neben dem Vater gestanden. Sie wagt sich nach vorn und wendet sich an die Frau mit den Zöpfen: »Sag deiner Freundin, wir geben ihr für den Umzug hundert Yuan Zuschuss.«

»Bist du bescheuert?! Sie schuldet *uns* Geld!«, schimpft Tuya und schiebt die ältere Schwester wieder nach hinten. Diese kneift sie in die Hand, um ihr ein Zeichen zu geben, dass sie bei der Sache ein wenig diplomatisches Geschick zeigen soll.

Aber die Frau mit den Zöpfen ist schon ins Zimmer gerannt, um ihrer Freundin die freudige Nachricht zu überbringen. Sie rennt noch ein paar mal hin und her, dann sind die Verhandlungen abgeschlossen. Die Familie Sui zahlt Xiaomei dreihundertsechzig Yuan – eine Glück verheißende Summe muss es schon sein – für einen sofortigen Umzug, und eine halbe Stunde später verlässt die Gegenpartei mit dem ganzen Hab und Gut der Untermieterin in zwei Koffern die Wohnung. Und gerade, als Jin Xiaomei mit herausgestreckter Brust aus der Tür geht, kommt Wangyang die Treppe herauf. Ein Jubelruf schallt dem verspäteten Retter entgegen. Die Stimmung verbessert sich augenblicklich.

In der nächsten Stunde beschäftigt sich die Familie mit Aufräumen und Saubermachen. Die Männer müssen mehrfach die Treppe hinunter und wieder herauf, um den Müll wegzuschaffen, den die Untermieterin hinterlassen hat. Der Betonboden muss mit verschiedenen Reinigungsmitteln gescheuert werden, bis die Öl- und Soßenflecken verblassen. Als die Familie erschöpft und erleichtert die Wohnung verlässt, fragt Robert: »Warum müsst ihr eigentlich selber die Untermieterin rausschmeißen? Es gibt doch Gerichtsvollzieher.«

Tingyi lacht, als hätte sie es mit einem Kind zu tun. »Unsere Justiz ist viel zu erhaben für solche Geschichten. Mit Mietsachen und ähnlichen Bagatellen befasst sie sich nicht.«

»Aber warum musste es ausgerechnet heute sein? Es ist doch noch Frühlingsfest, und ihr wolltet fröhlich sein.«

»Morgen kommen die anderen Untermieterinnen zurück«, seufzt Tingyi. »Meine Mutter wollte die Sache eigentlich vor unserer Ankunft erledigt haben. Aber du hast ja gesehen, wie die Untermieterin sich gewehrt hat.«

»Wer hätte gedacht, dass dein Vater so ein Wüstling ist«, kichert Robert vergnügt.

»Du möchtest gerne über ihn lachen, bis dir die Zähne ausfallen, nicht wahr?« Tingyi wirft ihrem Freund einen stechenden Blick zu. »Unterschätze ihn nicht, Roloko. Mein Vater ist kein gewöhnlicher Mann. Er hat die Familie aus dem armen Westen in den fruchtbaren Süden geführt. Er hat mit seiner Arbeit die Armut besiegt. Und er arbeitet weiter daran, die Chancen für uns zu verbessern. Er ist der Moses, Abraham und Messias unserer Familie.«

»Das werde ich auch sein«, sagt Robert spontan. »Du musst mir nur endlich die Chance geben, Familienvater zu werden.«

10. Kapitel

Ein verdächtiges Bild

Professor Rao hegt immer noch große Zuneigung zu seiner ehemaligen Studentin. Er sieht in Tingyi ein starkes Talent und ist bereit, sie zu fördern. Nachdem sie ihm ein paar Fotos gezeigt hat, beschließt er, die junge Frau mit dem Bildredakteur der Wochenzeitung *Nanfang Zhoumo* bekannt zu machen. Zu diesem Zweck hat er von seiner Assistentin ein Separée im Restaurant *Süden* reservieren lassen.

Tingyi weiß, dass es sich um einen wichtigen Termin handelt, und gibt sich mit ihrem Aussehen viel Mühe. Zu der grauen, gerafften Seidenbluse hat sie einen knielangen, hellgrünen Rock ausgewählt. Wenn sie die Hüfte schwingt, wirkt sie weich wie Wind und fließend wie Wasser. Das kurze daunengelbe Jackett bringt ihre schlanke Figur sehr zur Geltung. Robert meint, wenn sie so auf die Straße geht, werden die Männer ihr nachschauen. Darum will sie ihre Füße erst gar nicht auf die Straße setzen, sondern fährt mit dem Taxi zum Campus. Die Wohnung liegt zwar nicht weit entfernt von der Sun Yat-sen Universität. Aber Tingyi möchte nicht verschwitzt bei Professor Rao ankommen. Außerdem hat sie ja noch eine Mappe mit Fotos dabei.

Im Taxi sitzt sie nicht allein, Robert fährt auch mit. Er soll zwar nicht an dem Termin im Restaurant *Süden* teilnehmen, ist aber mit Raos Assistentin verabredet. Fay hat Tingyi erklärt, sie wolle dem Gast die Universität zeigen und über seinen Vortrag mit ihm sprechen, weil sie dabei dolmetschen wird. Robert kommt die Einladung zu dem Treffen sehr gelegen. Allein zu Hause zu bleiben, während Tingyi mit zwei fremden Männern zum Essen geht, hätte ihm gar nicht gefallen.

Kaum sind die beiden Paare zusammengetroffen, stieben sie auch schon auseinander. Nur in anderer Kombination. Robert und Fay laufen über den Campus, während Tingyi ins Auto von Rao steigen muss. Das Lächeln der Assistentin beim Abschied macht Tingyi misstrauisch. Was hat die Frau vor? Ist ihre Verabredung mit Robert womöglich gar nicht so unschuldig? Es ärgert sie, dass die beiden sich so fließend und offenbar vergnügt unterhalten. Zumal sie nicht alles versteht, denn Englisch ist nicht ihre Stärke. Aber Tingyi will sich keine Blöße geben und nichts Böses von anderen denken: Als sie die beiden davonschlendern sieht, winkt sie ihnen mit gespielter Gelassenheit vom Rücksitz aus zu.

Beim Spaziergang über den Campus hört Robert nicht allzu aufmerksam zu, was Fay ihm erzählt. Ihm ist gerade eingefallen, dass immer noch Ferien sind. Werden überhaupt ein paar Leute zu seinem Vortrag erscheinen? Als sie an ein paar kleinen Läden und Gemüseständen vorbeikommen, wo die Professorenfrauen und Studenten einkaufen, sehen sie jedoch mehr Menschen. Auf der anderen Straßenseite steht eine große Plakatwand. Fay zeigt auf einen der bunten Aushänge: »Das ist für deine Veranstaltung.«

Robert freut sich. Jetzt hängt hier im fernen China also ein Plakat, auf dem sein Name steht, denkt er und lässt sich zeigen, wie der in chinesischen Schriftzeichen aussieht. Nach einer kurzen Betrachtung sagt er jedoch: »Man sieht sofort, dass dieses Plakat nicht von Professor Rao entworfen wurde.«

»Wenn du von ihm ein Plakat haben willst, dann muss du schon ein dickes Portemonnaie haben«, kichert Fay. »Professor Rao hat wegen der bevorstehenden Olympiade so viele Aufträge, dass ihm manchmal vor lauter Arbeit schwindelig wird.«

Sie betreten den Fachbereich Kunstdesign. Weil Ferien sind, erwartet Robert ein leeres Gebäude, und als er hinter jeder Tür lernende oder malende Studenten erblickt, staunt er. »Wieso sind die alle da?«, fragt er.

»Die Schneekatastrophe hat vielen Studenten die Heimfahrt vermasselt. Und wer nicht wegkann, nutzt eben die Zeit, um die Kommilitonen zu übertreffen. So was habe ich in meiner Studienzeit auch immer wieder versucht«, erklärt Fay. »Damals war ich sehr ehrgeizig.« Sie zieht einen Schlüssel heraus und öffnet eine verschlossene Tür. »Geh nur rein«, sagt sie, »das ist das Zimmer von Professor Rao.«

Robert sieht einen großen, abgedunkelten Raum, der mit schweren Jalousien vor der Wintersonne geschützt ist. Er ist wie verzaubert. »Wie schön«, murmelt Robert, als Fay die Schreibtischlampe anknipst. Er starrt mit offenem Mund auf die Bilder, die an den Wänden hängen. »Die Werke von Professor Rao sind wirklich einzigartig und wunderbar.«

»Freut mich, dass es dir gefällt. Als Dekan braucht Professor Rao einen repräsentativen Raum. Ich habe mir große Mühe damit gegeben«, sagt Fay und wirft sich unmerklich noch etwas mehr in die Brust. »Ich verwalte seine Werke – im Auftrag der Universität«, fügt sie hinzu.

Sie lässt ihm ein paar Minuten, um die Bilder zu betrachten, dann schiebt sie ihn auf den Sessel von Professor Rao und gibt ihm zu verstehen, er bekomme gleich etwas Besonderes zu sehen. Es sei eine Überraschung, er solle die Augen zumachen. Sie geht zu einem der großen Wandschränke und schließt auf. Es kommen mehrere Reihen gerahmter Bilder zum Vorschein. Dann bückt sie sich und hantiert erneut mit dem Schlüsselbund, um eine Schublade im unteren Bereich des Wandschranks zu öffnen. Für den Bruchteil einer Sekunde lugt ein Stück ihres roten Slips unter dem kurzen Rock hervor, den sie trägt.

Robert, der die junge Frau natürlich doch mit den Augen verfolgt hat, spürt eine plötzliche Hitze zwischen den Beinen. Aber er ist noch sein eigener Herr und wendet sofort den Blick ab, wie es der Anstand verlangt.

Die Frau scheint das gefunden zu haben, was sie sucht, und trippelt zum Schreibtisch. »Du kannst jetzt die Augen öffnen«, haucht sie ihm ins Ohr.

Er öffnet gehorsam die Augen und erblickt eine farbige Tuschezeichnung: eine mädchenhafte, tanzende junge Frau auf einer Waldlichtung. Ein schönes, reizvolles Bild, aber erst als er das Gesicht genauer ansieht, trifft es ihn wie ein Schlag in die Magengrube. Er reißt die Augen auf und greift, wie von einem Teufel getrieben, mit zitternder Hand nach der Zeichnung. »Das ist doch, doch …«, stottert er tonlos. Doch bevor er den Satz beendet, spürt er Fays Finger federleicht auf seinen Lippen.

»Psst«, flüstert sie. »Sag jetzt nichts. Das kann Unglück bringen.« Ihre Hand ruht lässig auf seiner Schulter, ganz nahe am Hals, aber Robert bemerkt es nicht einmal.

Was soll das bedeuten? Fragend schaut Robert erneut auf das Bild. Das ist doch Tingyi, die wie eine Wasserfee durch den Wald tanzt! Der Kirschmund, die breite Stirn, der leicht verschleierte Blick, den er von seiner Freundin aus bestimmten Situationen nur allzu gut kennt …

Aber dieses Mädchen hier ist so jung! Hat Tingyi früher so ausgesehen? So zart, so verletzlich, so – unberührt? Aber wieso tanzt sie nackt? Oder jedenfalls beinahe. Ihr schimmernder Körper scheint im Dunkel des Waldes von innen zu leuchten wie der eines Glühwürmchens. Was sie anhat, macht sie noch nackter. Es ist eigentlich nur ein Schleier aus Nebel und Wolken. Hat Tingyi ihrem Lehrer für diese Nymphe Modell gestanden? Völlig nackt? Roberts Fingernägel krallen sich ins Holz des lackierten Rahmens und bohren sich immer tiefer. Wäre der Rahmen der Hals von Professor Rao, wäre dieser bestimmt schon erstickt.

»Sei vorsichtig. In diesem Bild wohnt eine lebende Seele«, sagt Fay in einem Ton, als schlafe jemand im Raum. Sie legt ihre Hand auf die seine.

Robert ist überrascht, dass ihn Fay so unbefangen berührt. Er hat geglaubt, Chinesinnen seien Mimosen, die sofort zurückzucken, wenn sie berührt werden. Bei Tingyi hat er viel Geduld gebraucht, bis sie sich ihm öffnete. Aber Fay scheint ganz anders zu sein. Er lässt das Bild auf den Tisch sinken und entzieht ihr zugleich seine Hand.

Fay tut so, als wäre nichts weiter geschehen. »Das ist nur ein Fabelwesen«, erklärt sie gelassen. »Professor Rao hat gesagt, dass er die Frau im Traum gesehen hat und mitten in der Nacht ins Atelier gegangen ist, um sie zu malen. Stundenlang hat er gearbeitet wie in Trance. Dann fiel er vor Erschöpfung in Schlaf. Als er wieder aufwachte, konnte er nicht glauben, dass das Bild von ihm stammte. Alle, die es gesehen haben, sagen, dass in diesem Bild die Seele der Frau gefangen ist. Ich wüsste nur gern, wer sie ist.« Fay hat sich wieder über die Sessellehne gebeugt und ihre Lippen berühren fast Roberts Ohr.

Er glaubt, genau zu wissen, um wen es sich handelt, aber er würde sich hüten, das jemand zu sagen. Und schon gar nicht dieser Person, deren Parfüm ihn jetzt einhüllt. Oder ist es womöglich gar nicht Tingyi?

»Hat das Bild einen Namen?«, fragt Robert.

»Professor Rao nennt es den ›Frühlingstraum‹.«

»Wann hat er das Bild denn gemalt?«, fragt Robert. Er hat sich jetzt wieder etwas besser unter Kontrolle.

»1999, glaube ich. Ich habe gehört, er steckte damals in einer Schaffenskrise. Aber nach dem Bild war er wie neugeboren.«

1999 – ausgerechnet das Jahr, in dem Tingyi nach Deutschland gekommen ist? Hat Professor Rao seine Studentin aus Sehnsucht und unerfüllter Begierde auf dem Papier festgehalten? Oder war die Begierde gar nicht so unerfüllt? Ob es wohl stimmt, dass Tingyis Seele in diesem Bild gefangen ist? Ist das der Grund, warum sie ihm manchmal so fremd ist? Er holt das Bild zu sich und betrachtet es erneut.

»Hat der Professor dir die Geschichte mit dem Traum erzählt?«, fragt Robert. »Nein? Du hast sie von Kollegen erfahren? Aha. Meinst du nicht, du hast den Kollegen zu schnell geglaubt? Oder hast du sogar deine eigene Fantasie hinzu addiert?« Robert wirft Fay einen skeptischen Blick zu.

»Ich glaube, ich habe gerade Musik für Ochsen gespielt.« Beleidigt verlangt Fay das Bild zurück, das auf Roberts Schenkel steht, und will es zurück in den Schrank stellen.

Aber Robert kann sich schwer trennen, und um das Bild noch ein bisschen betrachten zu können, versucht er, wiedergutzumachen, was er gerade verdorben hat. »Erzähl mir noch mehr«, bittet er. »Ich möchte gern alles wissen.« Inzwischen ist er fest entschlossen, Tingyi mit diesem Aktbild zu konfrontieren. Dann wird sich ja zeigen, ob es einem Traum entsprungen ist oder nicht.

Fay lässt sich nicht lange bitten. Robert gefällt ihr, und das zeigt sie ihm auch. Seit sie in New York war, weiß sie, dass Frauen nicht schüchtern sein dürfen, wenn sie etwas sehen, was ihnen gefällt. Wieder nähern ihre Lippen sich Roberts Ohr, und ihr Flüsterton wird immer leiser. Das Bild habe lange im dunkelsten Winkel in Raos Atelier gehangen, sei aber jedem Besucher sofort aufgefallen. Eines Tages habe Professor Rao vom Tratschen und Tuscheln hinter seinem Rücken genug gehabt. Er habe das Bild von der Wand abgenommen, hier ins Büro gebracht und im Schrank eingeschlossen. Und das sei noch nicht alles.

»Eines nachts kam ein Dieb ins Gebäude und wollte hier Bilder stehlen. Er hatte schon einiges in seine Tasche gepackt, da fand er die nackte Frau hier. Er ließ alles andere liegen und beschloss, nur dieses eine Bild mitzunehmen. Er war schon fast aus dem Haus, da ertönte ein lauter Vogelschrei aus dem Bild. Vor Entsetzen hat er es weggeworfen und wegzurennen versucht. Aber dabei ist er der Campuswache direkt in die Arme gelaufen. Seitdem sind die Sicherheitsvorkehrungen verschärft worden und ich wurde als Assistentin hier angestellt.«

Als Fay den Vogelschrei nachahmt, bringt sie ihre Lippen ganz dicht an sein Ohr, fasst mit beiden Händen nach seinem Kopf und versucht, ihn zu küssen. Robert zuckt heftig zusammen. Das Bild fällt mit dumpfem Poltern zu Boden.

»Oje!« Fay schaut erschrocken hoch, ohne Robert gleich loszulassen, so als wüsste sie nicht, was sie als Erstes tun soll.

»Tut mir leid«, sagt Robert verlegen und wirft ebenfalls einen Blick auf das Bild. Vielleicht ist es ja nur eine optische Täuschung, ein Lichtreflex oder dergleichen, aber zugleich mit Fays zärtlichen Händen spürt er einen grellen Augenblitz, den die Gestalt auf dem Bild ihm verpasst. Ist das tanzende Mädchen tatsächlich lebendig? Er befreit sich aus Fays Umarmung und schaut noch mal genau hin. Nein, es ist alles normal, und die Frau im Bild hat wieder jenen starren, verschleierten Blick, als wolle sie direkt mit dem Betrachter ins Bett tanzen.

Robert zweifelt an seinem Verstand. Was würde Tingyi sagen? *Bilder enthalten oft mehr, als man sieht.* Vielleicht sollte ich lieber ein bisschen vorsichtig sein, denkt er. Behutsam hebt er das Bild auf und legt es vor sich auf den Schreibtisch. Zum Glück hat nur das Glas einen Sprung, das Bild und der Rahmen sind unbeschädigt.

In der nächsten halben Stunde sind die beiden damit beschäftigt, die Scherben zu beseitigen und das Glas zu ersetzen. Aber nach dem Zwischenfall hat sich die Atmosphäre zwischen ihnen verändert. Sie kommen sich nicht mehr so nah wie zuvor.

»Willst du sehen, wo früher die Kolonialherren ihre Häuser gehabt haben?«, fragt Fay, als sie wieder draußen auf dem Campus stehen.

»Ja, gern«, sagt Robert. »Wo ist das?«

Aber Fay hat schon ein Taxi gerufen und sie brausen über den Fluss zur Xidi Ermalu. Es ist eine Straße voll edler Herrenhäuser auf einer Insel im Fluss, die Chinesen früher nur als Diener betreten durften. Es war der erste Ort, an dem sich im 19. Jahrhundert Ausländer in China niederlassen durften, um Handel zu treiben. Robert gefällt die stille, baumbestandene Straße mit ihren Häusern im europäischen Stil. »Hier fühle ich mich fast wie zu Hause«, sagt er spontan.

»Nein. Das ist mein Zuhause«, korrigiert Fay. »Aber wenn du mein Bruder bist, darfst du dich natürlich auch hier zu Hause fühlen. Bist du das?«

»Sind wir nicht alle Brüder und Schwestern?«, sagt Robert grinsend. Um sich bei Fay zu bedanken, lädt er sie zum Essen ins *White Swan Hotel* ein, wo sie vom Speisesaal aus den Schiffsverkehr auf dem Perlfluss beobachten können. Er findet, das ist er ihr schuldig.

11. Kapitel

Sprint in Stöckelschuhen

Als sie mit dem Essen fast fertig sind, klingelt Fays Handy. Tingyi ist mit ihrem Termin durch und will nun Robert abholen. Nach einer halben Stunde trifft sie im Hotel ein. Sie findet es ein bisschen übertrieben, dass Robert und Fay im teuersten Hotel der Stadt essen, und als sie die beiden tief ins Gespräch versunken vor der Kulisse des Flussufers sitzen sieht, gibt es ihr einen Stich. Um nicht abrupt zu wirken, setzt sie sich und trinkt mit den anderen noch eine Tasse Tee.

Aber es dauert ziemlich lange, bis Fay sich verabschiedet. Ihr fällt plötzlich ein, dass über den Vortrag noch kein Wort gefallen ist. Also beschlagnahmt sie Robert für eine weitere halbe Stunde und fragt ihn dieses und jenes. Tingyi kommt sich überflüssig am Tisch vor. Sie geht durchs Foyer des Hotels und fängt unauffällig an, Fotos zu machen. Als sie zurückkommt, ist Fay nicht mehr da.

»Jetzt hab ich mich gar nicht bedankt«, sagt Tingyi.

»Ach, das macht nichts«, sagt Robert. »Ich glaube, sie musste eilig zurück in die Uni zu Professor Rao.«

Eigentlich hat Tingyi vor, mit Robert den Tempel mit sechs Banyabäumen zu besuchen. Die alten Bäume sind zwar längst nicht mehr da, aber der Tempel befindet sich mitten in der Stadt und lockt stets viele Gläubige und Besucher. Es ist Spätnachmittag. Die Sonne steht schon tief am Himmel. Wenn sie sich beeilen, kann Tingyi noch ein paar schöne Fotos machen. Aber Robert ist nicht in der Stimmung für weitere Besichtigungen. Das Bild der nackten Nymphe brennt in seinem Gehirn, und er will Klarheit schaffen. Er schlägt vor, am Perlfluss spazieren zu gehen. Tingyi hat von ihrem Treffen mit Professor Rao einiges zu erzählen und stimmt zu.

Die Uferpromenade auf der nördlichen Seite des Flusses ist noch abwechslungsreicher als die auf dem südlichen Ufer und zieht viele Spaziergänger an. Als die beiden an einer kleinen Gartenanlage vorbeigehen, schauen ihnen die Einheimischen neugierig nach. Einige sagen sogar *»hallo«* zu Robert. Doch das Paar ist in sein Gespräch vertieft und lässt sich nicht ablenken.

»Ich freue mich sehr für dich, dass du diesem Bildredakteur gleich beim ersten Treffen ein Foto verkauft hast«, sagt Robert.

»Ja. Damit habe ich überhaupt nicht gerechnet«, antwortet Tingyi vergnügt. »Der Mann fand meine Mappe sehr gut. Aber ich bin sicher, ohne Rao wäre das Geschäft nicht zustande gekommen. Der Mann hat sich dem Professor gegenüber so devot verhalten, als wäre Rao sein Vorgesetzter.«

»Wie schön, dass dich dein Professor so tatkräftig fördert. Er hält große Stücke auf dich, was?«

»Er ist einfach ein herzlicher Mensch und hat schon viele Studenten gefördert«, zwitschert Tingyi. »Schau, er kannte dich noch nicht mal, aber er hat trotzdem fleißig die Fäden gezogen, damit du einen Vortrag hier halten kannst.«

»Nun ja, das tut er alles für dich, um dir zu gefallen, nicht wahr?«

»Unsinn. Du hast doch auch gleich gemerkt, dass er dich mag.«

Dagegen kann Robert nichts sagen, denn er hat sich sehr wohl in Raos Gesellschaft gefühlt und hätte den Professor tatsächlich gerne zum Freund. Wenn nur dieses Nacktbild nicht wäre, das wie der Feuermantel des Teufels vor seinen Augen herumtanzt! Er stützt sich auf das Geländer und starrt schweigend ins Wasser, während Tingyi ein weiteres Loblied auf Rao singt.

Schließlich hält Robert es nicht mehr aus. »Sag mal, hat der Professor dich damals oft nackt gesehen?«, fragt er.

»Wovon redest du, Roloko?« Tingyi scheint Roberts gefährliche Stimmung erst jetzt zu bemerken. Sie zögert. »Nein, überhaupt nicht«, sagt sie dann vorsichtig. »Wir haben uns überhaupt nur ein einziges Mal angefasst und geküsst. Und das war in seinem Büro. Bei völliger Dunkelheit. Gesehen haben wir gar nichts. Aber das habe ich dir doch alles schon längst erzählt. Außerdem gehört es zur Vergangenheit. Er ist jetzt nur noch ein guter Freund und ein halber Vater für mich.«

»Nur das einzige Mal?« Robert zieht das Gesicht schief, um seine Zweifel zum Ausdruck zu bringen. »Und warum hat er dich dann nach Deutschland geschickt? Den Studienplatz in Berlin hat dir doch Rao verschafft. Dabei war er damals noch nicht mal Professor! Er muss sich ganz schön angestrengt haben.«

Tingyi fasst ihn an der Hand und versucht ihn vom Fluss wegzuziehen. »Wenn dich das so interessiert, kann ich es dir noch mal erzählen«, sagt sie und hakt sich bei ihm unter, damit er ihr mit seinen langen Beinen nicht gleich wieder davonrennt. »Du hast ja gesehen, wie beliebt der Professor ist. Das war damals nicht anders. Er hat einfach ... Charme. Er bezaubert die Leute. Mir war von Anfang an klar, dass er nicht mir allein gehören würde. Auch deswegen habe ich meine Verliebtheit so lange verborgen, bis ich nicht mehr anders konnte und ihm um den Hals fiel. Das war an dem Abend, als er mir heimlich verriet, dass die Kunsthochschule die Absicht hatte, mich zu einem einjährigen Aufbaustudium ins Ausland zu schicken.«

»Du hast dich ihm an den Hals geworfen?«, sagt Robert. Eigentlich soll es ein Scherz sein, aber die Worte fallen ihm hart und gepresst aus dem Mund.

Tingyi zuckt zusammen. »Ich war gerührt und zugleich verzweifelt, weil ich ihn bald nicht mehr sehen würde«, gesteht sie. »Vor lauter Sehnsucht hab ich geweint. Da hat er mich in die Arme genommen, hat dabei aber vor Erregung genauso gezittert wie ich. Das war das erste und einzige Mal, dass wir uns berührt haben …«

»Ja, ich erinnere mich, dass du gesagt hast, ihr hättet euch überall angefasst und gestreichelt. Hat er dich ausgezogen?«

»Kommen wir doch lieber gleich zu dem, was dich so brennend interessiert«, sagt Tingyi. »Nein, wir haben nicht miteinander geschlafen.«

Robert zögert. Er möchte ihr ja gern glauben, aber der Teufel in seinem Kopf sticht ihn weiter. »Hört sich merkwürdig an. Wenn bei uns eine Frau und ein Mann …«

»Wir waren aber nicht bei euch, wir waren in Kanton. Das Leben in China ist anders, und damals noch viel mehr als heute. Er war verheiratet, wollte Professor werden, fürchtete sich vor einem Skandal, und ich fürchtete mich vor einer Schwangerschaft. Außerdem war ich mit meinem Studium noch nicht fertig.«

»Aber wenn das nicht gewesen wäre, hättest du schon, was?« Endlich hat er etwas gefunden, um wütend zu werden. Es tut ihm zwar mehr weh als Tingyi, aber er kann einfach nicht anders.

Tingyi presst die Lippen zusammen, dann entspannt sie sich wieder. »Gezwungen hat er mich nicht«, gibt sie zu. »Zu gar nichts.«

Robert bleibt abrupt stehen. Tingyis Worte stecken wie Pfeile in seinen Eingeweiden, aber ehe er reagieren kann, erzählt sie auch schon weiter und sie setzen ihren Weg fort.

»Die Erinnerung an den Abend war so schön, dass ich dachte, er liebt mich vielleicht doch mehr als seine Frau. Aber dann bin ich mit Kommilitonen zu einem Ausflug nach Shaoguan gefahren. Den Tag werde ich nie vergessen. Da schwärmte eine Studentin aus einem anderen Fachbereich von ihm, und mir wurde sofort klar, dass sie genauso in ihn verliebt war wie ich. Aber dann verriet sie auch, wohin sie übers Wochenende mit ihm verreist war und in welchem Hotel sie gewesen waren. Das war etwas, wovon ich noch nicht mal geträumt hatte. Von da an war meine Liebe zu ihm erloschen. Und ich ging ohne Sehnsucht nach Berlin. Nun, was möchtest du noch wissen, Tangobein?«, fragt sie leicht keuchend und lässt sich von ihm vorwärtsziehen.

»Nun ja, nehmen wir an, du hast dich von ihm gelöst. Aber er muss sich ja nicht unbedingt von dir gelöst haben. Vielleicht träumt er ja davon, den Abend im Büro mit dir fortzusetzen«, sagt Robert.

Tingy lächelt. »Das wäre ein Kompliment für mich, wenn dieser berühmte Mann mich nach all den Jahren immer noch liebte. Aber kommt dir das nicht ein bisschen unwahrscheinlich vor? Ich bin doch kein Aschenputtel und habe auch keine Schuhe aus Kristall an«, sagt sie. »Könntest du vielleicht etwas langsamer gehen?«

»Entschuldige«, sagt Robert mechanisch und verlangsamt für einen Augenblick seine Schritte.

Das gibt Tingyi Gelegenheit, wieder zu Atem zu kommen. »Abgesehen davon weißt du doch ganz genau, zu einer Liebe braucht man zwei Menschen«, sagt sie und drückt seinen Arm. »Genau, wie man zum Klatschen zwei Hände braucht. Fehlt die eine, gibt's keinen Knall.«

Robert stülpt die Lippen nach außen und beschleunigt schon wieder das Tempo. »Hm, du bist jedes Mal total aufgedreht, wenn du deinen Professor siehst. So glücklich wie heute habe ich dich selten erlebt. Meinst du nicht, du liebst ihn irgendwie immer noch?«

Tingyi bleibt abrupt stehen. Das Lächeln verschwindet von ihrem Gesicht. »Sag mal, was ist mit dir los? Hat dir Fay ein paar Flöhe ins Ohr gesetzt, oder was? Wieso hast du plötzlich kein Vertrauen mehr zu mir?«, fragt sie gereizt. »Natürlich hab ich mich gefreut, dass ein neuer Auftraggeber für mich aufgetaucht ist. Ich will doch nicht ewig arm bleiben.« Dann senkt sie die Stimme wieder auf normale Höhe: »Roloko, du bist doch sonst vernünftig, nur in Sachen Liebe neigst du zum Unsinn. Aber du sollst es mit deiner Eifersucht nicht übertreiben. Damit kann man so viel kaputt machen.«

Robert verstummt. Sie sind an der Großen Kanton-Brücke angekommen, die sich vierhundert Meter weit über den Fluss spannt. Tingyi ist müde, sie findet es plötzlich sehr anstrengend, ständig im Dauerlauf neben diesem Mann herzurennen, und geht die Rampe zur Brücke hinauf, die zur Wohnung der Eltern führt. Robert folgt ihr, überholt sie aber bald und läuft wie der Fahnenträger voraus. Der Lärm des dichten Autoverkehrs auf der Brücke macht es ohnehin unmöglich, miteinander zu reden. Erst als sie die Brücke hinter sich haben und die mit hohen Bäumen bestandene Promenade am südlichen Ufer erreichen, gehen sie wieder Seite an Seite.

Aber der Nebel, der das Nymphen-Bild umgibt, hat sich für Robert kein bisschen gelichtet. Er beschließt, jetzt offen darüber zu sprechen. Sie setzen sich auf eine weiße Marmorbank. Während Tingyi sich erholt und ihren Blick auf den Fluss richtet, erzählt Robert von der Tuschzeichnung, die er heute in Raos Büro gesehen hat.

»Er hat mich gemalt?«, sagt Tingyi überrascht. »Ich wusste gar nicht, dass er mich verewigt hat.« Sie lacht. »Vielleicht werde ich auf diese Art noch berühmt! Sieht es mir ähnlich?«

»Allerdings! Und zwar nicht nur dein Gesicht!«, sagt Robert. Er findet Tingyis Reaktion ziemlich unangebracht. »Ich frage mich nur, wie er dich so originalgetreu aufs Papier bringen konnte, wenn er dich gar nicht nackt gesehen hat.«

»Hm, man darf nicht vergessen, Professor Rao ist bekannt für seine Beobachtungsgabe. Man sagt ihm nach, er kann eine Person durch die Kleidung sehen«, erklärt Tingyi. Verrückterweise glaubt sie jetzt, eine möglichst genaue Beschreibung der Ereignisse, die inzwischen zehn Jahre zurückliegen, könnte Robert helfen, seine Zweifel zu überwinden, und beginnt erneut zu erzählen. »Der Mond hat durchs offene Fenster geschienen. Die Schreibtischplatte hat geleuchtet wie weißes Mehl. Aber wir standen im Dunkeln. Er jedenfalls. Ich war sehr aufgeregt und habe ihn nur mit den Fingerspitzen berührt. Aber für ihn war es ja nicht das erste Mal, dass er eine Frau umarmte. Dann hat er mich gebeten, mich auszuziehen, und ich hab es getan. Es war ja ganz dunkel. Aber Rao ist im Jahr des Tigers geboren. Kann sein, dass er mich im Mondlicht gesehen hat.«

»Vorhin hast du noch gesagt, es lief alles in völliger Dunkelheit ab. Jetzt taucht plötzlich der Mond auf. Habt ihr euch also doch mehrmals getroffen?« Robert glaubt, die Lücke in Tingyis Geschichte gefunden zu haben. Seine Stimme ist so laut wie eine Kirchenglocke. »Hast du ihn besucht, als du das letzte Mal in China warst?«

Tingyi schüttelt den Kopf. »Heute kann man nicht mit dir reden.« Gekränkt steht sie auf und schlägt die Richtung nach Hause ein.

Dass Tingyi seiner Frage ausweicht, versetzt Robert in Wut. »Weißt du, was ich denke? Ihr seid immer noch ineinander verliebt! Als du gemerkt hast, dass er dich immer noch gern hat, hast du es gar nicht erwarten können, ihn wiederzusehen. So ist das!«

Tingyi saugt die Luft ein, als wäre sie scharf wie ein Messer. »Wie kannst du nur so blind sein, so was zu behaupten? Ich liebe dich doch, Roloko.«

»Die Idee, ein Kind von mir zu haben, scheint dir aber gar nicht sehr zu gefallen. Du sagst zwar, du liebst mich, aber mir kommt es vor, als ob du sehr viel an Professor Rao denkst.« Robert ist fest entschlossen, die Auseinandersetzung durchzuziehen, um sich Klarheit zu verschaffen. Dabei weiß er selbst nicht genau, was er eigentlich hören will. Zum Glück ist auf der Promenade viel weniger los als auf der anderen Uferseite, so dass sie fast ungestört streiten können. Nähert sich ein Passant, senken sie trotzdem die Stimmen.

»Ich habe nichts mehr zu sagen. Wenn du unbedingt die Welt verzerren und den Othello spielen willst, dann ohne mich.« Tränen treten Tingyi in die Augen. Sie springt auf und beginnt schneller zu gehen, als würde es regnen.

Robert läuft ihr hinterher und hält sie am Arm fest. »Was heißt denn, Othello spielen? Dein Vater hat auch eine Geliebte gehabt, bis die Familie ihm auf die Spur kam. Männer betrügen Frauen, Frauen betrügen Männer, das geschieht jeden Tag, wie der Bäcker jeden Tag seine Brötchen bäckt. Ich will nur nicht der Dumme sein.«

Tingyi bleibt abrupt stehen. Einen Augenblick sieht sie aus, als blicke sie in den Schlund eines Drachens, der sie zu verschlingen droht. »Lass mich gehen. Ich möchte eine Weile allein sein.« Schluchzen erstickt ihre Stimme. Sie schiebt den Mann von sich und fängt erneut an zu rennen. Sie rennt immer schneller, als wäre eine Flutwelle hinter ihr her.

Robert bleibt stehen und schaut seiner Freundin nach. Wieso rennt sie weg? Und wie schafft sie es nur, auf den hohen Absätzen schneller als eine Gazelle zu sein? Dabei klagt sie dauernd über Ermüdung, wenn sie mit ihm spazieren geht. Wie soll er ihr glauben, wenn sie sich immer so zwiespältig gibt? Am liebsten möchte er auch rennen, und zwar in die entgegengesetzte Richtung. Doch dann sieht er, dass Tingyi plötzlich ins Stolpern kommt. Erschrocken läuft er hinter ihr her, um ihr aufzuhelfen und sie zu trösten. Aber die Frau will ihn ganz entschieden nicht sehen. Sie hinkt zur nächsten Treppe nach unten, die sich ihr gerade anbietet, und verschwindet.

Robert fängt jetzt auch an zu rennen. Plötzlich fühlt er sich schrecklich allein. Er kann sie doch nicht einfach so weglaufen lassen! Was soll denn aus ihnen werden?

In seiner Aufregung merkt er gar nicht, dass er genau jenen Übergang genommen hat, der zu einem Toilettenhäuschen führt. Der Wärter, der gerade den Vorplatz vor seinem heftig nach Desinfektionsmitteln riechenden Etablissement fegt, erkennt den kurzhaarigen Ausländer aber sofort. Er stützt sich auf seinen Besen und bricht in Gelächter aus. Denn der Mann rennt genauso schnell wie beim letzten Mal – als ginge es um Leben und Tod. »Der ausländische Teufel ist wiedergekommen, um Kanonen zu schießen und Donner zu schlagen«, verkündet er seiner Frau, die am Schalter sitzt.

Als Robert den Fuß der Treppe erreicht und nur noch drei Meter von dem Toilettenonkel entfernt ist, blinzelt er verblüfft mit den Augen. Der erwartungsvolle Gesichtsausdruck des Chinesen erinnert ihn an seine Schuld vom letzten Mal, und er greift hastig nach seinem Portemonnaie. Aber der Chinese denkt gar nicht an die alte Schuld, sondern an die vermeintliche Not seines Gastes, und macht ihm mit einer Handbewegung klar, dass der Weg zum Toilettenhaus frei ist. Auch die Frau des Wärters winkt Robert zu, dass er nicht zögern soll, sich zu erleichtern.

Robert schüttelt heftig den Kopf und streckt dem Mann einen Zwei-Yuan-Schein entgegen.

»Wenn du nicht reingehst, brauchst du auch keine Gebühr

zu bezahlen«, lehnt der Verwalter ab, während Robert sich nach Tingyi umsieht. Sie hat die Straße überquert und ist einen Augenblick nicht zu sehen, weil gerade ein Lastwagen vorbeifährt. Robert beugt sich zur Seite und reckt den Hals, um einen Blick auf sie zu erhaschen.

Jetzt glaubt der Wärter, dass er den Ausländer durchschaut hat. Wieder lacht er vergnügt. »Du läufst schon hinter chinesischen Mädchen her? Aha, wahrscheinlich hast du auf See nur Wasser und Haie gesehen? Jetzt hast du Landurlaub und möchtest Röckchen sehen, was?« Aber als er Roberts Blick folgt, schüttelt er kritisch den Kopf. »Das Mädchen da ist nicht gut. Das hinkt«, sagt er wie ein älterer Bruder zu Robert. Dann zeigt er auf eine andere vorbeigehende junge Frau: »Das Mädchen da ist gesünder und hübscher.«

»Oh, verdammt! Ihr Chinesen seid wirklich hartnäckig, wenn es um offene Rechnungen geht. Nehmen Sie endlich Ihr Geld«, brüllt Robert auf Deutsch und steckt dem Mann den Schein in die Tasche. Dann rennt er los. Denn Tingyi humpelt gerade um die Ecke und droht erneut zu verschwinden.

»Ein amerikanischer Seemann. Netter Junge. Aber ungestüm wie der Seedrache. Hat zu viel Feuer in sich aufgenommen, das er irgendwann wieder loswerden muss. Er wird bestimmt wiederkommen«, sagt der Toilettenverwalter zu seiner Frau. Beide blicken dem Ausländer nach, als wäre dieser ein Held von der Leinwand.

An der Ampel allerdings enttäuscht Robert die Zuschauer. Denn er rennt nicht blindlings durch den rasenden Verkehr wie ein Hollywoodstar, sondern wartet brav, bis es grün wird, wie andere Menschen. Als er endlich die breite Straße überquert hat und um die Ecke biegt, ist seine Freundin verschwunden.

Erst als es schon dunkel ist, kommt Tingyi nach Hause. Robert sitzt still im Bett, das Tagebuch in der einen und den Stift in der anderen Hand. Er wartet. Wären sie in Berlin, wäre Tingyi jetzt zu ihm gekommen, um ihm einen Kuss auf die Lippen zu drücken. Den Schritten nach kommt sie auch tatsächlich, aber sie steckt nur den Kopf durch die Tür und sagt hallo, dann zieht sie sich wieder ins Wohnzimmer zurück.

Robert bleibt noch eine Weile im Bett. Dann treibt es ihn schließlich ins Wohnzimmer. Tingyi sitzt auf der Bank, das linke Bein hochgelegt auf einem Stuhl, und plaudert vergnügt mit den Eltern. So wie es aussieht, hat sie von dem Streit mit ihm nichts erzählt, was ihn ein wenig beruhigt. Zugleich bewundert er sie, dass sie sich so gut beherrschen kann. Er setzt sich an den Tisch und schaut zu, wie der Vater den angeschwollenen Knöchel der Tochter betastet, um den Verletzungsgrad festzustellen, während die Mutter ein dickes Blatt von einer Opuntie abschneidet, die auf dem Balkon steht, und es in einem Steingefäß zerstampft. Der Pflanzensaft wird auf eine Bandage gestrichen und dann um Tingyis verstauchten Knöchel gebunden. Ob das hilft? Nach einer Weile zieht sich Robert wieder ins Schlafzimmer zurück. Tingyi wirkt zwar normal, aber sie redet nur mit ihren Eltern, als ob er Luft für sie wäre.

Als er wieder allein ist, überkommt ihn eine Bedrücktheit. Sie haben noch zwei Tage in China. Aber nicht irgendwelche Tage, sondern zwei entscheidende Tage, die ihnen eine neue Zukunft bringen sollen. Aber Tingyi meidet ihn offensichtlich. Geht es so weiter, wird es bestimmt nicht zu einer Schwangerschaft kommen. Warum musste er ausgerechnet heute seine böse Fantasie auspacken? Was soll er nur tun?

Eins ist klar: Während ihre Eltern sich dringend ein Enkelkind von ihr wünschen, stellt sie jetzt die ganze Beziehung in Frage. Wie kann er sie nur dazu bringen, dass sie wieder zu ihm zurückkommt? Während er hin und her überlegt, klettert die Müdigkeit allmählich zu seinem Kopf hoch. Als Tingyi schließlich ins Zimmer kommt und leise ins Bett schlüpft, schläft er längst fest.

Am nächsten Morgen hat Robert kapituliert. Er wälzt sich verzweifelt im Bett, bis Tingyi aufwacht. Er nimmt ihre Hand, aber sie zieht sie zurück. Erst beim zweiten Versuch lässt sie ihn gewähren, dreht sich aber nicht zu ihm hin. Nach einer Weile drückt er ihre Finger auf seine Lippen. »Es tut mir leid«, sagt er.

»Was genau meinst du?«, will Tingyi wissen.

»Das Bild ist so schön, das Rao von dir gemalt hat«, sagt Robert. »Es hat mich wahnsinnig eifersüchtig gemacht, dass er dich so gesehen hat. Auch wenn es vielleicht nur in seiner Fantasie war. Entschuldige bitte. Ich hätte Kunst und Realität trennen müssen und dich nicht verdächtigen dürfen.«

»Kein Mensch ist perfekt. Ich bin dir nicht böse.« Mit einem leichten Handdruck zeigt ihm Tingyi, dass sie ihn versteht.

Robert glaubt schon, dass er gewonnen hat, und will Tingyi in seine Arme schließen, da sagt sie, immer noch mit dem Rücken zu ihm liegend: »Wir sollten uns mit dem Kinderkriegen vielleicht noch ein wenig Zeit lassen.«

Robert starrt Tingyis verwuschelten Hinterkopf an, als wollte er ihre Gedanken mit Röntgenaugen durchleuchten. »Was sagst du? Zeit? Welche Zeit?«

»Ach, wir müssen nicht auf Teufel komm' raus ein Kind in die Welt setzen«, wispert Tingyi in einem Ton, als wäre sie mit ihrer Seele woanders. »China hat so viele Menschen, und Deutschland ist auch genügend bevölkert.«

»Unsinn. Und außerdem, was kümmert uns das? Eine Kartoffel kümmert sich doch auch nicht um die Probleme des Botanischen Gartens. Oder?«, platzt Robert heraus und dreht die Freundin zu sich herum. »Du hättest doch gerne Kinder.

Wieso schmeißt du plötzlich alles hin? Willst du damit sagen, du liebst mich nicht mehr?«

»Nein, nein. Ich liebe dich schon. Aber ich bin mir nicht sicher, ob du mich genügend liebst. Liebe ist so vergänglich und zart wie die Wolken«, seufzt Tingyi.

»Meinst du den Streit von gestern? Das war doch nur ein Sandkorn im Reis. Das muss man in Kauf nehmen, wenn man den anderen liebt. Außerdem habe ich mich gerade dafür entschuldigt«, sagt Robert. Er drückt sie an sich und streichelt ihr sachte die Haare. Sie lässt es geschehen.

»Herzchen, bitte lauf mir nicht wieder weg, ja? Ohne dich fühl ich mich einsam wie ein Pinguin am Nordpol.«

Jetzt muss Tingyi lachen. Und mit dem Lachen verbessert sich ihre Stimmung. »Du siehst doch, ich bin nicht weggelaufen. Ich bin ja bei dir.«

Robert ist glücklich, jetzt will er das Eisen schmieden, solange es heiß ist. Er erweitert sein Streicheln auf ihre Schultern und ihren Rücken und setzt seine sanfteste Stimme ein: »Lass uns bei unseren Plänen bleiben. Wenn wir aus jedem Anlass zaudern und alles in Frage stellen, wird kein Kind zu uns kommen wollen. Das wollen wir doch nicht, oder?«

»Mmh«, macht Tingyi und springt aus dem Bett. »Ich höre die Berge rufen. Lass uns einen Tempel besuchen, okay?«

»Und dein Knöchel?«

Tingyi lacht. »Ist schon wieder heil!«

12. Kapitel

Robert im Tempel

Aber die Angst vor Roberts unberechenbaren Gefühlen und ihrer Zukunft in Deutschland hat Tingyi nicht wirklich verlassen. Sie fürchtet sich vor Roberts Eifersucht und möchte unbedingt wissen, ob sie und Robert zusammenbleiben.

Als Tingyi das gestern Abend ihrer Mutter erzählt hat, wusste Li Hong sofort, was zu tun sei. In den Bergen der Umgebung gebe es mehrere Tempel mit Mönchen, die solche Fragen beantworten könnten. Und da Bruder Wangyang seinen Dienstwagen schicken will, um der Familie eine Freude zu machen und sich für seine dauernde Abwesenheit zu entschuldigen, könne man ja einen Ausflug machen und dabei die Antwort auf Tingyis Fragen einholen. Die Eltern haben selten Gelegenheit, in die Berge zu kommen, und freuen sich sehr auf die Abwechslung.

Der Berg der Weißen Wolken beginnt unmittelbar in der Stadt und erstreckt sich sieben Kilometer weit nach Norden hinaus. Als Tingyi ihm vorschlägt, »in die Berge zu fahren«, denkt Robert, der deutsche Naturfreund, an eine »richtige Bergtour« und stimmt sofort zu. Dass Tingyi dabei ein ganz besonderes Ziel im Auge hat, kann er nicht ahnen.

Der Tag scheint wie gemacht für diesen Familienausflug. Die Sonne strahlt zwar nur schwach, und an den Flanken des Baiyun-Berges hängen noch weiße Dunstschleier, aber der Himmel darüber ist hellblau. Es weht ein angenehm milder

Wind durch die Stadt. Als alle in Wangyangs großem Audi sitzen, ist Robert so gut gelaunt, dass er vergnügt vor sich hin summt. Er ist fest überzeugt, dass jetzt alles gut wird.

Tingyis Vater ist ziemlich schweigsam. Er hat versucht, Rettichkopfs positive Seiten zu sehen, aber einen Mann, der sich nur um seine Freundin kümmert und sonst offenbar keinen Familiensinn hat, kann er nicht verstehen. Als er so alt wie Rettichkopf war, hat er mit seinem halben Lohn seine Eltern und die Frau und die vier Kinder seines Bruders unterstützt, der unerwartet jung gestorben war. Er hatte ihnen so lange Geld geschickt, bis zwei seiner Neffen erwachsen waren. Dabei hätte seine eigene Familie seinen Lohn genauso dringend gebraucht. Seine Frau musste jeden Monat genau rechnen, um die Bäuche der Kinder zumindest halb voll zu kriegen. Aber Sui hatte genau das getan, was in seiner Pflicht stand. Und nun kam dieser Ausländer, der sich gar nicht auf diese Pflicht einlassen wollte. Hätten Vater Sui und seine Frau durch eine Krankheit alles verloren und müssten betteln gehen, hätte Rettichkopf sicher einen mitleidigen Satz über die Lippen gebracht, aber ob er ihnen wirklich geholfen und Geld geschickt hätte? Bei diesem Gedanken wird dem Vater ganz übel. Um die Atmosphäre zu Hause nicht noch mehr zu verschlechtern, hat er beschlossen, »Rettichkopf-ohne-Familiensinn« aus dem Weg zu gehen.

Als Rettichkopf die Kamera gerettet hat, ist der Vater fast ein bisschen stolz auf den Deutschen gewesen. Aber dann hat dieser Grünschnabel an der Räumungsaktion der Familie in der alten Wohnung teilgenommen, die Vater Sui als große Schande empfand. Und dabei hat er auch noch gelacht! Der alte Mann schämt sich, dass er dem Fremden Anlass gegeben hat, ihn zu missachten. Um den Rest seiner Würde als Familienoberhaupt zu bewahren, spricht er lieber gar nicht mehr. Jedenfalls nicht mit dem Besucher aus Deutschland.

Aber Robert hat sich inzwischen an die Schweigsamkeit des Vaters gewöhnt und denkt sich nichts weiter dabei. Die Mutter ist wie immer munter und lebhaft wie ein Eichhörnchen, und der Fahrer, ein Mann in mittlerem Alter mit Uniform und weißen Handschuhen, hat Erfahrung in der Betreuung von Gästen. Er weist auf Sehenswürdigkeiten hin und erzählt ab und zu einen Witz, so dass zumindest Tingyi und ihre Mutter viel lachen.

Nach zwei Stunden Fahrt durch den Wald kommt eine Tempelanlage in Sicht. Kaum sind sie ausgestiegen, springt Robert drei Stufen auf einmal nehmend die Treppen hinauf. Dann bleibt er stehen. Eine Bronzefigur am Rand des Weges bringt ihn zum Lachen: Ein Mann mit ungepflegtem Äußeren und dem Gesicht eines Clowns reitet auf einem Esel. Eigentlich ist nichts Ungewöhnliches dabei. Aber der Mann hat sich verkehrt herum hingesetzt, so dass er sich an nichts festhalten kann und auf den Eselsschwanz schaut. Man denkt, er müsste jede Sekunde herunterfallen, aber einer Bronzefigur kann so etwas natürlich nicht passieren.

»Aha, da hat sich ein Akrobat durch seine Kunst in den heiligen Garten erhoben«, ruft Robert die Treppe hinunter zu Tingyi, worauf diese kichert.

»Nee. Das ist Zhang Guolao, einer der acht Unsterblichen des Taoismus«, ruft sie zurück. »Der bringt Kindersegen. Und für die alten Leute ist er der Schutzheilige.«

Der Tempel befindet sich auf einem steilen Berg. Der Weg führt in Serpentinen nach oben und ist mit Figuren, Steintafeln und Toren mit mysteriösen Symbolen geschmückt. Als Robert in einem kleinen Garten acht bunte Figuren erblickt, muss er schon wieder lachen: Jede Figur rennt in eine andere Richtung, und jede sieht lustiger als die andere aus. »Was für ein verrückter Kindergarten«, sagt er, als Tingyi sich keuchend neben ihn stellt. »Wer sagt, dass der Individualismus bei euch noch in den Kinderschuhen steckt, der kriegt hier den Gegenbeweis.«

»Zum Glück verstehen diese erhabenen Taoisten nicht Deutsch«, sagt Tingyi, »sonst hättest du sie mit dem Wort ›Kindergarten‹ ganz schön beleidigt.«

Ihre Eltern sind inzwischen auch eingetroffen und schenken den Figuren ein vertrautes Lächeln, als wären sie alte Bekannte. Dann erklären sie den jungen Leuten, was die Gruppe bedeutet. »Die Figuren stellen eine alte Legende dar. Sie heißt: *Die acht Unsterblichen zeigen jeder für sich beim Überqueren des Meeres ihr besonderes Können.*«

»Hm, die Taoisten gefallen mir«, sagt Robert. Eine der Frauenfiguren fasziniert ihn besonders. »Über tausend Jahre soll sie alt sein?«, sagt er. »Schau dir mal die Pausbacken und den Babyspeck an den Armen an. Ich würde vorschlagen, wir schicken unsere Tochter zu ihr, damit sie auch übers Meer gehen lernt.«

»Wozu so viele Umstände?«, kontert Tingyi. »Unsere Tochter braucht nur bei dir in die Lehre zu gehen. Du bist doch der ewige Kindskopf.«

Tatsächlich hüpft Robert die ganze Zeit wie ein ins Freie entlassener junger Bock und hat einen Riesenspaß an dieser Entdeckungstour. Seine Aufmerksamkeit gilt jedoch ausschließlich der Natur und den Kunstgegenständen. Taucht ein Mönch in seiner Nähe auf, macht er einen Bogen um ihn und schaut in die andere Richtung. Als die Familie den Haupttempel betritt und sich wie die anderen Gäste andächtig vor den Altar stellt, um sich von einem Mönch in goldverzierten Gewändern belehren zu lassen, verschwindet Robert dezent aus der Halle. Er steigt auf die höchste Aussichtsplattform, genießt den Anblick der Berge, holt schließlich sein Tagebuch aus dem Rucksack und beginnt seine Eindrücke niederzuschreiben.

Als Tingyi auftaucht und seinen Ellenbogen berührt, um ihre Anwesenheit zu signalisieren, ist er überrascht. »Was ist los? Ihr seht ja plötzlich alle so niedergeschlagen aus«, fragt er. Die Eltern stehen vor dem riesigen Weihrauchbehälter und stecken ein Bündel frisch angezündeter Weihrauchstäbchen hinein. Sie wirken ratlos, als wüssten sie nicht, was sie jetzt tun sollen.

»Ein hochgebildeter Mönch, den wir gern besucht hätten, ist leider verreist«, gesteht Tingyi. »Taoisten verstecken sich gern tief in den Bergen, wo niemand hinkommt.«

»Ihr seid doch keine Gläubigen«, fragt Robert verwundert. »Wieso müsst ihr ihn unbedingt sprechen?«

»Mit einem Weisen zu reden bringt manchmal mehr, als zehn Jahre lang Bücher zu lesen«, erwidert Tingyi leise. Dann spielt sie mit ihrer Kamera, um sich abzulenken.

»Lasst uns erst mal was essen gehen«, sagt Mutter Li, und während die anderen eine Suppe mit gefüllten Teigtaschen essen, telefoniert sie eifrig mit ihrem Handy.

Dann sitzen sie wieder im Auto und zu Roberts Verblüffung ist ihr nächstes Ziel wieder ein Tempel. Die versprochene Tour auf den Sterne streichelnden Gipfel Moxing Ling scheint verschoben worden zu sein. »Wollt ihr schon wieder einem erleuchteten Mönch einen Besuch abstatten?«, fragt er.

Tingyi erklärt, der Tempel des hellen Strahls, auf den sie jetzt zusteuerten, sei ein buddhistischer Tempel. Er sei sehr bekannt, in der Kulturrevolution sei er geschlossen worden, aber jetzt sei er wieder restauriert und geöffnet. Ihre Eltern hätten schon lange von diesem Tempel gehört, ihn aber bislang noch nie gesehen, weil er tief in den Bergen verborgen sei.

»Und da wollt ihr mit einem Mönch reden?«, fragt Robert noch einmal.

»Schon möglich«, gibt Tingyi knapp zurück. Nachdem sie mit Hilfe eines Taschenspiegels ihr Lippenrot aufgefrischt hat, lehnt sie sich zurück und schließt die Augen, um sich zu entspannen.

Robert sitzt auf dem Beifahrersitz und schaut gespannt aus dem Fenster. Die Berge sind nicht sehr hoch, aber von saftigem Grün bedeckt und relativ steil. »Schau, der da sieht wie ein Pferdekopf aus«, sagt er unwillkürlich. Als keiner sich hinter ihm meldet, dreht er sich um. Oje, die Familie schläft kollektiv. Von wegen die Berge rufen! Kaum sitzen sie im Auto, werden sie müde. Ob er Tingyi wohl je dazu bringen wird, Wanderungen mit ihm zu machen?

Am Ziel angekommen, staunt er über den Besucherandrang. »Gibt es so viele Gläubige bei euch? Ich dachte immer, die Religionen wären in China verboten«, sagt er zu Tingyi.

»Nein, die meisten sind keine echten Gläubigen, sondern Mitläufer wie meine Eltern«, sagt Tingyi sachlich. »Chinesen können nie genug Götter haben. Beim Frühlingsfest versuchen alle, die Himmlischen mit Opfergaben und Geld zu bestechen, damit sie ihren Familien Glück und Reichtum zukommen lassen.«

»Und Kindersegen.«

Tingyi errötet ein bisschen. »Ja, Kinder auch.«

»Tolerant geht es hier wirklich zu«, sagt Robert. »Wenn in Berlin einer zwischen Kirche und Moschee hin und her rennen würde, kriegte er bestimmt etwas auf die Mütze.«

»Ich glaube, die Götter haben in China viel Freude. Denn der Besucherstrom ist auch ein Geldstrom. Und sie brauchen viel Gold, um in der Welt der Sterblichen zu glänzen«, lacht Tingyi und schiebt sich schnell durch das prächtige Tor. Ein Mann in militärgrüner Uniform sitzt hinter dem Eingang und verteilt an jeden Besucher wortlos drei dünne Weihrauchstäbe, verlangt aber nichts dafür. Tingyi huscht an ihm vorbei und nimmt nichts an. Sie weiß, dass es teuer werden kann, wenn man sich im Tempel so eine Kleinigkeit schenken lässt.

Die Tempelanlage ist beeindruckend groß und besteht aus mehreren Höfen und Häusern, die hintereinander an einem breiten Berg hochgebaut und mit einer herrlichen Treppe verbunden sind. Im mittleren Hof steht ein drei Meter hoher eiserner Turm mit zahllosen Schlitzen und Löchern. Ein Dutzend Besucher umstehen den Turm und versuchen, Münzen durch diese Löcher zu werfen, weil das angeblich Glück bringt. Drei Stockwerke hat dieser Glücksturm, und je höher die Münzen hineinfliegen, umso größer das Glück. Mit den billigen kleinen Aluminiummünzen kommt man nicht weit. Um weiter oben zu treffen, muss man schon schwere Yuan-Stücke nehmen. Die Münzenwerfer, vor allem die Kinder, sind eifrig dabei, ein regelrechter Wettbewerb um das Glück ist im Gange. Und natürlich wird jeder mit Lachen und Beifall bedacht, dessen Münze im Turm klingelt.

Robert möchte am liebsten gleich mitmachen, aber die Familie hält ihn zurück und meint, er solle sein Glück auf dem Rückweg versuchen. Zuerst wollen sie den Haupttempel erreichen, der sich noch ein gutes Stück weiter oben am Abhang befindet.

In den Hallen am Wege werden alle möglichen Götter verehrt, die Robert nicht unterscheiden kann. Aber die Eltern wissen Bescheid und bleiben bei einer weiblichen Gottheit, auf deren nach oben geöffneter Hand ein Kindlein sitzt, stehen. Die dichten Weihrauchwolken vor ihrem Altar zeugen von ihrer Beliebtheit. Die Mutter kauft ein dickes Bündel Weihrauchstäbe und drückt sie Tingyi in die Hand, dann schiebt sie die Tochter in Richtung Altar, wo einige Frauen knien und beten, und meint, sie solle die Betenden nachahmen. Doch Tingyi wehrt sich dagegen.

»Was ist denn?«, fragt Robert.

»Ach nichts«, flüstert Tingyi. »Das ist Guanyin-Bodhisattwa.«

»Und was tut die?«

»Die bringt den Menschen Kinder«, sagt Tingyi, aber sie glaube nun mal nicht daran und wolle deshalb auch keinen Wunsch vor dem Götterbild flüstern.

Die Mutter kommt auf die Idee, Robert zu einem Gebet zu bewegen, aber Tingyi übersetzt einfach nicht, was sie sagt. Als die Mutter merkt, dass ihre Worte nichts bewirken, drückt sie das Bündel in Roberts Hand und macht ihm mit Gesten deutlich, dass er das Opfer vollziehen soll. »Geh und bitte Guanyin-Bodhisattwa um Kinder. Du sprichst eine ungewöhnliche Sprache. Vielleicht hört sie gerade deine Stimme.«

Robert zögert einen Moment lang. Für ein Kind würde er vieles tun, aber dann hat er doch Angst, dass er sich lächerlich macht. Er nimmt das Weihrauchbündel, entzündet es an den anderen und steckt es in den großen, mit Sand und Asche gefüllten Kessel vor dem Altar. Dann wendet er sich hastig dem Ausgang zu. Tingyi folgt ihm.

»Was für ein stures Kind! Was die Sturheit betrifft, hat sie den Vater längst übertroffen«, seufzt die Mutter, glättet ihre Jacke, zupft ihr Haar zurecht und geht mit kleinen, sanften Schritten zum Altar. Dann kniet sie nieder und schickt Guanyin stumm ihren Wunsch aus dem Herzen. Der Ehemann schaut ihr zu und wartet geduldig.

Erst oben im Haupttempel, wo ein riesiger goldener Buddha thront, kommt die Familie wieder zusammen. Auf dem Opfertisch sieht man Berge von Orangen und Äpfeln und Flaschen mit Öl. Die Mutter kniet einen kurzen Augenblick vor dem Altar, dann geht sie zu einem Tisch an der Seite der Halle, gibt eine größere Spende ab und spricht mit dem jungen Mönch, der hinter dem Tisch sitzt. Kurz danach kommt sie lächelnd zurück. Diesmal haben wir Glück, sagt sie. Der hochgebildete Mönch, den sie besuchen möchten, ist im Haus. Allerdings ist er ziemlich beschäftigt. Man muss Geduld haben, um mit ihm sprechen zu dürfen.

Die Familie wird in den Seitenflügel geführt. Dort sitzen schon einige Gäste, die ebenfalls auf eine Audienz warten. Nach einer Weile wird es Robert langweilig, und er fragt Tingyi leise, was sie denn so Wichtiges mit einem Mönch besprechen wollten? Tingyi drückt den Finger auf die Lippen und macht ihm deutlich, dass sie hier schweigen müssen.

»Du verheimlichst etwas vor mir«, sagt Robert. »Du willst mit dem Mönch etwas Bestimmtes besprechen.«

»Ja«, sagt Tingyi und wendet den Kopf ab, um ihre Verlegenheit zu verbergen. »Ich will mir … mein Schicksal voraussagen lassen.«

Robert erstarrt. Ihr Schicksal? Das ist doch ganz klar: Sie wird schwanger werden, sie werden zusammen ein Kind haben, sie werden glücklich zusammenleben. Dafür wird er sorgen. Was hat der Mönch damit zu tun?

Zornig steht Robert auf und wird sofort hinausgeführt.

Er geht hierhin und dorthin, um von seiner Wut herunterzukommen. Auf das Münzenwerfen hat er längst keine Lust mehr. Als er einen wenig frequentierten Seitenflügel des Tempels betritt, sieht er durch eine leicht angelehnte Tür einen Mönch und zwei Mädchen in einem Zimmer. Die drei stehen dicht beieinander und scheinen seine Anwesenheit nicht zu bemerken. Streckt einer von ihnen die Hand aus, wird er unvermeidlich die anderen berühren. Sie spielen mit den Gegenständen auf dem Tisch, der mit Schriftrollen, Kalendern und Neujahrsgemälden beladen ist, scheinen sich jedoch für die Gegenständen nicht wirklich zu interessieren. Der kahlköpfige Mönch sagt etwas, und die Mädchen kichern kokett. Unmerklich kommen sie dem jungen Mönch immer näher.

Wenn jetzt eine der jungen Frauen den Kopf dreht, berühren ihre Haare unweigerlich den Hals und die Arme des Mönchs.

Plötzlich fällt Robert wieder ein, was er in einer Broschüre am Eingang des Tempels gelesen hat: »In der alten Zeit besuchten vor allem junge Frauen den Tempel, die sich ein Kind wünschten. Oft blieben sie auch über Nacht.« So ist das also! Wahrscheinlich sind die Frauen gleich wochenlang dageblieben! Tagsüber wurde gebetet und meditiert, in der Nacht bekamen sie heimlich Besuch von den Mönchen, und wenn sie nach Hause abreisten, hatten sie wirklich ein Baby im Bauch. Sind hier die alten Bräuche schon wiederbelebt worden? Ein plötzlicher Blutandrang lässt ihn rot sehen. Er flüchtet ins Freie.

Draußen wird er zunächst etwas ruhiger, aber dann stößt er schon wieder auf eine Szene, die ihn irritiert. Ein Mann und eine junge Frau in blauen Arbeitskitteln schrubben in einem der Höfe mit Wurzelbürsten zwei hohe hölzerne Stühle, damit sie frisch und sauber aussehen. Die Stühle sind aber alt und schmutzig, als hätten sie seit Jahren im Schutt gelegen. Das Wasser in den Eimern, in das die beiden Kittelträger die Bürsten eintauchen, ist schon braunschwarz. Unweit von den beiden sitzt ein Mönch in der Sonne auf einem Stuhl, die Beine übereinandergeschlagen, und wippt mit dem Fuß. Scharf beobachtet er die Putzarbeit, als wären die anderen seine Sklaven. Obwohl sie pausenlos schrubben und bürsten und in der Sonnenwärme schon heftig ins Schwitzen gekommen sind, sind sie dem Mönch doch nicht eifrig genug. Mit hart klingenden Worten und Drohgebärden treibt er sie an. Sie sollen sich noch tiefer beugen und heftiger schrubben.

Als der Ausländer auftaucht, wirft ihm der Mönch einen prüfenden Blick zu. Offenbar hat der Fremde seine Prüfung nicht bestanden. Denn der Mann in der Kutte wendet sich gleich wieder ab und fährt mit seinen Beschimpfungen gegen die Arbeiter fort. Zwei, drei andere Besucher stehen herum und schauen zu, als wären sie Gäste bei einer archäologischen Ausgrabung. Wie der Mönch die Putzleute bedrängt, beschimpft und kleinzumachen versucht, stört sie offenbar überhaupt nicht.

Aber Robert stört es gewaltig. Diese verdammten Ausbeuter! Diese Heuchler mit ihren bemalten Götterfiguren! Endlich hat er eine Zielscheibe für seine Wut. Er beschließt, seinen eigenen, leicht verspäteten Beitrag zur Befreiung Chinas vom Feudalismus zu leisten.

Eine Weile starrt er auf die Holzschilder an der Wand, als könne er die Schriftzeichen darauf entziffern. Dann tut er plötzlich so, als müsse er dringend auf die Toilette: Er presst die Hände auf seinen Bauch, hält krampfhaft die Hose fest und rennt mit wirren, suchenden Blicken über den Hof. Wie zufällig stolpert er über einen der Putzeimer, so dass der schmutzige Inhalt mit einem Schwung in Richtung des Ausbeuters schwappt. Der Mönch springt hastig auf, damit seine Füße nicht nass werden.

»*Cao tamade*«, stößt er spontan die vulgärste Beschimpfung hervor, doch Roberts Größe und seine kräftige Erscheinung lassen ihn wieder verstummen. »Ho, bei diesem Ausländer wachsen die Augen wohl auf dem Hintern«, sagt er auf Chinesisch und zwingt sich ein Lächeln ab. Das Publikum kichert.

Robert entschuldigt sich auf Deutsch, als hätte er seine Ungeschicklichkeit gerade erst bemerkt. Aber seine Notdurft scheint ihn noch immer zu quälen. Sie zwingt ihn sogar, einen komischen kleinen Tanz vor seinem Widersacher zu absolvieren. In der nächsten Sekunde kippt der zweite Eimer ebenfalls um, und zufällig wieder in Richtung des Mönchs. Dieser, von Roberts wirren Kopfbewegungen abgelenkt, merkt es erst, als seine Leinenschuhe und der Saum seiner orangefarbenen Kutte schon nass sind.

»Der ausländische Teufel sucht Streit«, ruft der Mönch, »oder will er nur seine Füße trainieren?« Er springt auf einen trockenen Fleck und nimmt eine klassische Kampfpose ein. Aber der Ausländer hüpft schon davon, immer noch seine Hose festhaltend. Einen Augenblick später ist er zwischen den Häusern verschwunden.

»Ausländer sind tatsächlich Papiertiger. Will man endlich die Faust an ihnen polieren, klemmen sie den Schwanz ein und machen sich aus dem Staub«, höhnt der Mönch und schüttelt die Anspannung aus seinem Körper. Dann wirft er den Reinigungskräften einen bösen Blick zu. »Was gafft ihr so? Holt frisches Wasser! In einer Stunde kommen edle Hintern hierher, um sich auf die Stühle zu setzen.«

Robert bekommt das nicht mehr mit. Er ist durch eine Halle in einen großen Hof gelangt. Nachdem er festgestellt hat, dass ihn der Mönch nicht verfolgt, verwandelt er sich in einen gemächlichen Touristen zurück. Ziellos streunt er in den abgelegensten Winkeln der Tempelanlage herum. Vor einer etwas verborgenen großen Tür versperrt eine beschriftete Holztafel den Besuchern den Weg. Robert kann sich denken, dass da »Kein Zutritt für unbefugte Personen« steht, und an einem normalen Tag hätte er sicher Gehorsam gezeigt, aber heute fordert ihn das Schild geradezu heraus. Er wird diesen Mönchen schon auf die Schliche kommen, denkt er. In einem Augenblick, in dem er sich unbeobachtet glaubt, öffnet er leise die Tür und huscht hinein.

Er steht in einem dunklen Torbogen, an dessen anderem Ende er einen gepflasterten Innenhof mit einem Goldfischteich sieht. In einer Ecke des Hofes, in etwa zwanzig Metern Entfernung, sind drei Mönche und ein weltlich gekleideter Mann in ein Gespräch vertieft. Robert vermutet, dass es sich hier um den Wohnbereich der Mönche handelt. Um nicht entdeckt zu werden, schiebt er sich gleich rechts in den Eingang zum Treppenhaus und steigt eine hölzerne Stiege hinauf. Auf dem Korridor im ersten Stock sieht er einen Mönch mit einer Gebetskette. Dieser hat den Besucher auch bemerkt und schaut fragend zu ihm herüber. Aber Robert geht unbeirrt weiter. Als er um die Ecke ist, nimmt er allerdings sofort die nächste Treppe wieder nach unten, für den Fall, dass der Mönch ihn verfolgt. Allmählich wird ihm die Sache unheimlich, und er möchte eigentlich nur noch hinaus, aber das ist gar nicht so einfach.

Kaum ist er im Erdgeschoss angekommen, hört er Schritte, die auf ihn zukommen. Ohne nachzudenken, versteckt er sich unter der Treppe. Zu seiner Überraschung steht er vor einer Tür, die offenbar in den Keller führt. Sie ist mit einem Schloss gesichert, aber das hängt offen am Riegel. So leise wie möglich nimmt es Robert herunter, schiebt es sich in die Tasche und versteckt sich hinter der Tür, bis die Schritte verhallt sind.

Er will gerade wieder hinaus in den Korridor schleichen, da glaubt er von unten aus dem Keller Geräusche und Stimmen zu hören. Was ist das? Männerstimmen? Frauenlachen? Das Rascheln von Kleidern? Junge Mönche, die sich mit willigen Frauen paaren? Nein, er will es nicht wissen. Sicher ist es nur Einbildung. Seine Fantasie spielt verrückt. Wie von Furien gehetzt stürzt Robert hinaus in den Korridor und sucht nach dem Ausgang. Er stürmt durch den dunklen Torbogen, reißt die verbotene Tür auf und steht – vor fünf Mönchen mit langen Stöcken, die auf ihn warten.

Sie umzingeln ihn, ohne ihn zu berühren. Abwechselnd zeigen sie auf ihn und die Treppe, die den Berg hinunter zum Ausgang führt. Die Botschaft ist klar: Sie wollen ihn zwingen, den Tempelbezirk zu verlassen. Robert will aber nicht nach unten zum Ausgang. Er will nach oben, um Tingyi zu holen.

Ohne sie – das weiß er – kann er den Berg nicht verlassen. Die Mönche versperren ihm aber jedes Mal den Weg, wenn er die Treppe nach oben zu nehmen versucht. Der Mönch, dessen Schuhe und Kutte von Robert nass gemacht worden sind, tut sich besonders dabei hervor.

Was die Mönche sagen, versteht Robert nicht, und was er sagt, verstehen die Mönche nicht. Immer mehr Menschen sammeln sich um sie, um dem zweisprachigen Streit beizuwohnen. Sie formen einen Kreis, aus dem Robert keinen Ausweg mehr findet. Noch ist es den Mönchen nicht gelungen, ihn die Treppe hinunterzutreiben, aber lange kann Robert der Überzahl wohl nicht mehr standhalten.

Plötzlich sieht er ein bekanntes Gesicht. »Vater! Ich bin hier«, ruft er laut.

Tingyis Vater, der da gerade die Treppe herunterkommt, versteht sofort, dass Robert in der Klemme steckt, und ist auch bereit, ihm zu helfen. »Was ist los?«, ruft er und winkt Robert zu.

Die Mönche erkennen, dass sie einen Vermittler vor sich haben, und tragen im großen Konzert ihre Anklagen vor. Robert habe ein Verhalten, das die Harmonie des Tempels stört. Er habe Mönche beleidigt, ihre Kutten beschmutzt und sich an Orten aufgehalten, die völlig privat seien. Er müsse den Tempelbezirk auf der Stelle verlassen. Nein, er solle dem Abt vorgeführt werden. Nein, er solle zur Strafe die Höfe kehren. Nein, er solle in einer Zelle eingesperrt werden und die ganz Nacht Mantras aufsagen …

Der Vater hört den Klagen eine Weile lang zu, dann verbeugt er sich in alle Richtungen und entschuldigt sich für Robert, weil dieser die Sitten des Landes nicht kenne. Es zeigt sich erneut, dass der alte Mann ein geschickter Redner ist. Er versichert zuerst, dass der Ausländer ein Mann mit gutem Herzen und ein Freund Chinas sei und alles schnell lernen werde, doch im nächsten Atemzug mahnt er die Mönche, sie sollten auf eine Bestrafung verzichten. Es sei angebracht, den Besuchern gegenüber Toleranz und Nachsicht zu zeigen wie es Buddha gelehrt habe. Am Ende verspricht er, auf den jungen Mann aufzupassen, damit sich ein ähnlicher Vorfall nicht wiederholt.

Die Wirkung dieser Rede lässt Robert staunen. Die Mönche, die eben noch aufgeregt mit dem Finger auf ihn gezeigt und ihn lauthals beschimpft haben, lassen die Arme sinken und richten die Blicke zur Seite. Wortlos öffnen sie eine Lücke und lassen den Ausländer mit seinem Beschützer ziehen. Was hat der Vater bloß erzählt, dass sich so ein Rudel Wölfe in eine Herde von friedlichen Schafen verwandelt? Wer so was kann, muss wortmächtig wie ein chinesischer Perikles sein, denkt Robert. Es könnte sich lohnen, seine Sprache zu lernen, um Vater Sui zu verstehen.

In einem schlichten, nur mit wenigen buddhistischen Symbolen geschmückten Zimmer verkündet ein Mönch, der eine rote Kutte trägt und eine ruhige, angenehme Ausstrahlung hat, Tingyis Schicksal. Sie sitzt mit demütig geneigtem Kopf auf einem niedrigen Hocker, neben ihr die Mutter, die aufmerksam zuhört. Auf dem kleinen Tisch zwischen dem Mönch und den beiden Frauen ist ein Los aufgefaltet, das Tingyi zuvor aus einem Holzgefäß gezogen hat. Dieses Los soll über ihr Leben entscheiden, und sie ist dementsprechend nervös, ja, beinahe ängstlich.

Die Weissagung ist ein Gedicht. Die Wörter kennt Tingyi alle, aber sie weiß nicht, was sie bedeuten. Es ist so verwirrend. Im Grund klingt es eher wie ein schwer verständlicher philosophischer Text als die Beschreibung des Schicksals. Und eine Richtung zeigt das Orakel schon gar nicht.

Was Tingyi liest, heißt etwa Folgendes: »Gewinnt man,

wird man verlieren. Verliert man, wird man gewinnen. Verliert man am Ort des Sonnenaufgangs, gewinnt man am Ort des Sonnenuntergangs. Kriegt man einen Pfirsich geschenkt, schenkt man einen Apfel zurück. Erst dann ist man geeignet, eine harmonische Familie aufzubauen. Gibt man sich ständig Mühe, gewinnt man einen Frieden verheißenden Lorbeerzweig.«

Der Mönch erklärt, das sei ein Los auf der mittleren Stufe. Nicht zu gut, aber auch nicht zu schlecht. Tingyi werde noch einige harte Wellenschläge erfahren. Halte sie durch, werde sie am Ende in Ruhm und Harmonie leben können.

Tingyi fragt den weisen Mann, was dieses Rätsel mit dem Verlust und dem Gewinn zu bedeuten hätte. Insgeheim fürchtet sie, dass sie Robert verlieren, dafür aber ein Kind von ihm kriegen könnte. Kommt es umgekehrt, wäre es aber noch schlimmer. In beiden Fällen wäre es eine Katastrophe, die sie zum Kentern bringen könnte. Aber der Mönch sagt nur, sie solle gelassen bleiben und stets mit gutem Herzen bei den Menschen sein, auch wenn sie etwas verliere. Denn was sie verliere, bekomme sie irgendwann wieder zurück. Der Mönch sagt es in einem Ton, als ginge es um Pflanzengießen und Reiskochen.

»Werde ich bald ein Kind bekommen?«, fasst sich Tingyi ein Herz und stellt endlich die Frage, die sie am meisten beschäftigt.

»Bist du bereit zu verlieren, bist du auch bereit zu gewinnen. Hast du dein Herz gereinigt, ist das Glück nicht weit entfernt«, sagt der Mönch. Dann schließt er die Augen, faltet die Hände vor seiner Brust und verneigt sich ein wenig. Ein Zeichen, dass er alles gesagt hat und sich von den Gästen verabschieden möchte.

In diesem Moment huschen der Vater und Robert lautlos herein und setzen sich auf eine Bank. Als der Mönch den

Ausländer sieht, ändert sich sein Gesichtsausdruck. Bislang wirkte er wie ein erleuchteter Mönch, friedlich und ohne jegliches Verlangen. Jetzt aber macht er den Eindruck, als wäre er neugierig. Nach einer kurzen, intensiven Musterung beginnen seine Augen zu glänzen.

»Möchte auch der ehrenvolle Gast aus der Ferne sein Schicksal in Erfahrung bringen?«, fragt der Mönch höflich und verneigt sich. Zur allgemeinen Überraschung hat er Englisch gesprochen, und Tingyi fällt auf, dass seine Verbeugung viel tiefer ausfällt als die vor ihr. Die Familie schaut verwundert auf, dass der Mönch einem Fremden soviel Ehre erweist.

Aber Robert hat nur eins im Sinn: Er will Tingyi so schnell wie möglich hier rausholen und wieder mit ihr allein sein. Er schüttelt heftig den Kopf, steht hastig auf und macht Anstalten, den Raum zu verlassen.

Mutter Li hebt die Hand und stellt sich ihm in den Weg. Eine solche Freundlichkeit dürfe Robert nicht ablehnen, sagt sie. Er möge das Angebot annehmen.

Aber Robert versteht sie nicht. Er will nur noch weg und wirft Tingyi einen dringlichen Blick zu, als ob er fragen wolle: »Kommst du mit?«

Da geht Tingyi auf ihn zu, ergreift seine Hand und führt ihn hinaus.

Als die Familie wieder nach Hause fährt, hat sich die Sitzordnung im Auto verändert. Lange Beine hin oder her, Robert hat darauf bestanden, dass diesmal der Vater vorne sitzt und die Richtung bestimmt. Die Eltern sind eindeutig besserer Stimmung. Der Vater scherzt mit dem Fahrer, die Mutter freut sich, dass Robert von dem weisen Mönch so freundlich aufgenommen worden ist. Wenn er im Tempel als edler Gast empfangen werde, dann müsse er für Tingyi auch der Richtige sein, denkt sie. Robert hat sich hinter den Fahrer gequetscht, er ist froh, dass die Sache glimpflich ausgegangen ist und Tingyi wieder neben ihm sitzt. Er hält ihre Hand und sagt nicht sehr viel.

Auch Tingyi mag nicht viel sagen. Die zweideutigen Aussagen des Mönchs waren eine Enttäuschung für sie, und auch das Interesse, das er Robert entgegengebracht hat, stimmt sie nicht zuversichtlicher. Aber sie spürt, dass Robert sie braucht, und das macht sie zufrieden. Auch dass sich die Beziehung zwischen Robert und ihrem Vater verbessert zu haben scheint, beruhigt sie etwas. Wenn nur dieses fatale Orakel nicht wäre, das wie ein Maulwurf im Untergrund ihres Kopfes herumwühlt. Von welchen Verlusten war da die Rede? Soll sie versuchen, schwanger zu werden? Oder führt das zu einem Verlust? Ursprünglich wollte sie sich Klarheit verschaffen. Nun hat der Mönch das Leben noch komplizierter gemacht als zuvor. Wie gern hätte sie jemanden außerhalb der Familie, mit dem sie darüber sprechen kann!

Als sie wieder zu Hause sind, fällt der Vater ein überraschendes Urteil. »Heute ist der Tag, an dem Rettichkopf in die Natur und zu seiner Wurzel zurückgekehrt ist«, sagt er lächelnd zu seiner Tochter. »Er hat seinen eigenen Kopf, ist einfallsreich und kämpferisch. Er kann einen guten Ehemann und guten Vater abgeben.«

Was er Tingyi nicht verrät, sind die Gründe für diese Entscheidung. Sie liegen weit zurück in seiner eigenen Vergangenheit. Als er Robert aus der Belagerung durch die Mönche gerettet hat, musste er daran denken, was ihm selbst vor fast vierzig Jahren geschehen ist. Damals musste er an einer Versammlung teilnehmen, in der ihm seine Genossen hart zusetzten. Er solle sich von Li Hong trennen, sagten sie, ihre bürgerliche Herkunft stelle eine Gefahr da. Aber Sui blieb seiner Liebe treu, und als er Li Hong nach seinem Studium tatsächlich heiratete, bestrafte ihn die Partei. Er durfte eine

Stelle in der Lokalregierung nicht annehmen, sondern nur die im Stahlwerk Jiangyou. Was er heute bei Robert gesehen hat, war mit seiner Angst und Bedrängnis von damals nicht zu vergleichen, trotzdem hat der Vater erkannt, dass der junge Mann tapfer ist. Vielleicht wird Rettichkopf ja doch noch ein gutes Familienmitglied – dieser Gedanke stimmt den alten Mann fröhlich, und ein Lächeln umspielt seinen Mund.

13. Kapitel

Enttäuschung hin, Enzyme her

Dann ist der 12. Februar da. Der Tag, an dem Robert seinen ersten Vortrag vor Chinesen halten und auch noch sein erstes Kind zeugen will. Um der Forderung des Tages zu genügen, steht er früh auf und trifft seine Vorbereitungen. Joggen, sich duschen und rasieren, zum Friseur gehen und sich verschönern lassen. Dann zieht er zur Probe seinen besten Anzug an, um zu sehen, ob er ihm nach all den üppigen chinesischen Mahlzeiten noch passt. Als er vor die Familie tritt und nach ästhetischen Vorschlägen fragt, ist die Mutter begeistert. Rettichkopf sei wirklich ein schöner Mann, sagt sie strahlend. Und wenn er noch ein bisschen mehr lächeln würde, wäre er so schön wie ein Straußen-Ei aus dem Paradies.

Mutter Li strahlt stets Wärme, Lebensfreude und Mut aus. Robert hat sie längst ins Herz geschlossen. Er folgt ihrem Vorschlag, stellt sich vor den Spiegel und übt sein Lächeln, bis die Mutter in die Hand klatscht und meint, er könne es wirklich mit den Chinesen aufnehmen.

Dann hängt Robert seinen Anzug wieder in den Schrank, setzt sich an den Schreibtisch und lässt den Vortrag, den er bereits in Berlin konzipiert und vorbereitet hat, noch einmal im Kopf durchlaufen. Es geht um Enzyme, die bei der Wasserreinigung eine Rolle spielen.

Tingyi geht einkaufen. Die Mutter will so viele Stunden wie möglich mit ihrer Tochter verbringen und begleitet sie in die

Stadt. Als die beiden nach drei Stunden wieder nach Hause kommen, verdreht Robert die Augen. Wie sollen sie diesen Berg von Sachen bloß nach Berlin schleppen? Aber Tingyi meint, sie habe für alles gesorgt, und schiebt ihn sanft an den Schreibtisch zurück. Im Wohnzimmer beginnen beide Frauen dann eifrig den neu gekauften Koffer zu packen.

Robert hat Lampenfieber und wäre ganz zufrieden damit, zu Hause drei, vier Pellkartoffeln zu essen, aber das geht nicht. Ein Abschiedsessen mit der Familie muss sein, und so geht man ins Restaurant. Auch diesmal sind alle gekommen, außer Tingyis Bruder, der wieder einmal im Büro gebraucht wird. Doch Tingyi achtet darauf, dass nicht zu viel bestellt wird, und so fällt die Mahlzeit kleiner und schlichter als sonst aus.

Nach dem Essen eilt das Paar nach Hause, um sich hübsch zu machen. Tingyi zieht das Kleid an, das der Schneider für sie genäht hat. Die weiße Seide ist mit einem zarten chinesischen Bambusmuster verziert und sieht wie gemalt aus. Von der Schulter bis zum Knöchel zieht sich eine feine Schlangenlinie um ihren Körper, die ihre Weiblichkeit betont. Über dem Kleid trägt sie eine knappe Jacke, die nicht einmal die Brust bedeckt. Robert ist geradezu erschrocken über ihre elegante Erscheinung. Er starrt sie an und murmelt, sie könne als chinesische Helena auftreten.

Helena aus dem griechischen Mythos, deren Schönheit der Anlass zu einem blutigen Krieg war? »Nein. Eine Helena bin ich nicht«, sagt Tingyi schnell. »Wenn du willst, kannst du mich als Dornröschen betrachten.«

»Dornröschen? Na schön, dann muss ich dich gleich küssen, damit mir niemand zuvorkommt«, sagt Robert und zwinkert mit den Augen. Er hätte sie wirklich gern auf der Stelle geküsst, aber er möchte das Kleid nicht zerknittern und außerdem sind die Eltern im Zimmer.

»Du musst schon warten, bis ich eingeschlafen bin. Sonst wirkt der Kuss nicht«, kichert Tingyi beim Haarekämmen. Sie spürt Roberts Begierde und das erfüllt sie mit Glück.

»Nein, du darfst mich noch vor dem Einschlafen wach küssen«, sagt sie und errötet. Allmählich hat sie wirklich das Gefühl, dass ihr heute die Brautnacht bevorstünde.

Um vier Uhr nachmittags ist der Vortrag geplant. Pünktlich um drei hält ein schwarzer Mercedes vorm Haus, um das Paar abzuholen. Als Robert das protzige Auto sieht, platzt er heraus: »O Gott, was machen die Chinesen für ein Tamtam um einen wissenschaftlichen Vortrag?! Ich bin doch kein Hollywoodstar. Wir hätten einfach ein Taxi nehmen sollen.« Er überlegt sich, ob er überhaupt einsteigen soll.

»Chinesen schinden gern Eindruck. Die Universitäten machen da keine Ausnahme. Sie wollen auch nicht schäbig und altmodisch wirken, sonst müsste man ja glauben, sie könnten in der heutigen Gesellschaft nicht mithalten, und das würde ihnen auf die Dauer nur schaden«, sagt Tingyi und lässt sich von Robert den Schlag halten.

Der junge Mann fühlt sich gar nicht wohl, als er im weichen Fonds des Mercedes sitzt. Im Westen hat er schon an einigen wissenschaftlichen Konferenzen teilgenommen, mit Samthandschuhen behandelt wurde er bislang noch nie. In Berlin ist er auch schon mal mit dem Fahrrad und ohne Krawatte zum Vortrag gefahren. »Kommen heute fünfhundert Chinesen zu meinem Vortrag, oder was? Dabei hat der Hörsaal gerade dreihundert Plätze anzubieten.« Während sie gemächlich nach Osten gleiten, wälzt er sich auf der Rückbank, als hätte er ein paar harte Erbsen unter dem Hintern.

»Was bildest du dir ein, Roloko? Bist du Einstein?«, kichert Tingyi und rüttelt an seiner Schulter, damit er sich entspannt. »Das ist eine große, berühmte Uni. Experten aus dem Ausland gehen da ein und aus. Wenn dreißig Zuhörer zu deinem Vortrag kommen, kannst du schon sehr zufrieden sein. Schließlich bist du kein zweihundert Kilo schwerer Gorilla aus dem afrikanischen Urwald, nicht wahr? Sonst könntest du natürlich mit tausend Zuschauern rechnen.«

Robert muss lachen. »Gut, dann betrachten wir das Abholen mit dem Mercedes als einen weiteren sinnlosen Verschwendungsakt.«

»Nein, lieber als eine Art langfristige Investition. Die Chinesen denken, du bist noch jung. Eines Tages wirst du Professor und vielleicht sogar Bundeskanzler.«

»Gut. Dann habe ich heute ja die richtige Krawatte gewählt. Rot für China, Gold für Deutschland. Von jetzt an bin ich immer für beide Länder«, sagt Robert stolz.

Tingyi lehnt sich zu ihm hinüber und gibt ihm einen flüchtigen Kuss auf den Mund, damit er keinen Lippenstiftabdruck davon behält.

Am Eingang der Universität sehen sie sich sogleich von einem halben Dutzend Chinesen umgeben. Der Dekan des Fachbereichs Biotechnik Liu Zhuang empfängt Robert und Tingyi in seinem Büro. Er ist aber nicht allein: Ein paar junge Leute und Fay sitzen bereits im Kreis und haben gemeinsam auf den Gast gewartet. Fay winkt ihm vertraulich zu. Die anderen strecken Robert die Hand entgegen und stellen sich in gebrochenem Englisch vor. Zwei von ihnen sind Dozenten wie Robert, die anderen sind noch Studenten. Robert beginnt jetzt ebenfalls Englisch zu sprechen.

Der Dekan bietet Tee an. Die Kanne steht bereits auf dem Tisch. Während er sich mit Robert unterhält und dabei von Fay dolmetschen lässt, um keine Fehler zu machen, hören die anderen brav zu. Tingyi geht beiseite und macht ein paar Fotos. Nach einer halben Stunde ist es so weit: Es schlägt die Stunde für den Gastvortrag.

Als Robert in den Hörsaal geführt wird, schlägt die Enttäuschung ihm so auf den Magen, dass ihm eine Sekunde lang schwarz vor den Augen wird. Es ist, als hätte ein Schwarm von Raben den Himmel bedeckt. In dem riesigen Hörsaal sitzen gerade mal fünfzig bis sechzig Zuhörer. Dadurch wirkt er noch leerer, als wenn er tatsächlich leer wäre.

In Berlin wären sechzig Zuhörer eine tolle Zahl, und der Besucher könnte auf seine Anziehungskraft sogar ein bisschen stolz sein. Denn Wissenschaft ist nun mal keine Zwiebel und kein Brokkoli, womit jeder was anfangen kann. Da kommen meist nur die Wissbegierigen und die Konkurrenten. Aber da Robert schon im Vorfeld so viele Hände geschüttelt hat, war er fest überzeugt, dass entsprechend viele Chinesen sich für sein Thema und ihn interessieren und der Saal zumindest zur Hälfte gefüllt wird. Jetzt schämt er sich und ist maßlos enttäuscht.

Er wirft einen prüfenden Blick in den Saal, so wie er das bei seinen Seminaren an der FU tut. Wo er hinschaut, sind junge Gesichter. Tuya und ihr Mann sind auch da. Grauhaarige oder besonders ehrwürdige Personen entdeckt er nicht. Das bedeutet, abgesehen vom Dekan Liu Zhuang sind die Professoren und Autoritätspersonen der Veranstaltung ferngeblieben. Umso besser, die Zukunft gehört der jungen Generation, denkt Robert und richtet sich zu seiner vollen Größe auf. Er ist fest entschlossen, die Aufmerksamkeit der Anwesenden auf sich zu ziehen.

Während Dekan Liu den Deutschen vorstellt, geht die Tür auf, und Professor Rao kommt mit ein paar Studenten im Schlepptau herein. Wortlos nimmt er auf einer der vorderen Bänke Platz. Bevor er sich hinsetzt, faltet er beide Hände zu einer großen Faust und hält sie hoch auf die Stirn. Damit will er sagen, dass er sich für seine Verspätung entschuldigt.

Robert hat nicht erwartet, dass der berühmte Kunstprofessor sich so viel Zeit für ihn nimmt. Erneut überwältigt ihn das Gefühl, dass Rao der beste Chinese ist, den er kennt. Es stört ihn nicht mehr, dass Tingyi diesen Mann einst geliebt hat. Irgendwie ist er sogar ein wenig stolz, dass sie so einen guten Geschmack hat. Als Lius Vorstellung endet und ein höflicher Willkommensbeifall erklingt, stellt Robert sich vors Podium und klatscht ebenfalls in die Hände, den Blick auf Rao gerichtet.

»Enzyme sind wie Reformer. Reformer bringen Änderungen in die Gesellschaft, und Enzyme bringen Naturprozesse in Gang. Deswegen sind sie so nützlich. Ohne sie wäre zum Beispiel unser Verdauungsapparat nur ein harmloser Gummischlauch. Was haben Sie heute zu Mittag gegessen? Reis, Hühnerfleisch, Duftpilze ... Ja, das alles käme nach zwei Stunden wieder aus Ihnen heraus. Und es wäre immer noch Reis, Hühnerfleisch, Duftpilze. Wenn Sie Appetit darauf hätten, könnten Sie diese Dinge abends erneut zu sich nehmen. So sähe die Welt aus ohne Enzyme«, sagt Robert zu Beginn seines Vortrags und erntet damit ein breites Lachen. Die anfängliche Befangenheit ist verflogen.

Da Robert schon häufiger vor Publikum gesprochen hat, das nicht nur aus Biologen bestand, weiß er die Leute zu fesseln. Nach seiner heiteren Einführung berichtet er ausführlich von zwei Enzymen, die bei der modernen Abwasserbehandlung eine wichtige Rolle spielen. Hier und da fädelt er einen bildhaften Vergleich ein, um den Charakter der unsichtbaren Wesen verständlich zu machen. Fay scheint sehr gut zu dolmetschen, denn das Publikum reagiert gut und lacht auch, wenn er es erwartet.

14. Kapitel

»Lass mich doch träumen«

Nach dem Vortrag wäre Robert am liebsten mit Tingyi allein, um einen romantischen Abend mit ihr zu verbringen, ehe sie schwanger wird. Aber das ist natürlich nicht möglich. Sie können ja nicht einfach abhauen. Also geht er mit zum Restaurant, um seinen Vortrag und die deutsch-chinesische Freundschaft zu feiern.

Das Restaurant befindet sich ganz in der Nähe der Uni am südlichen Ufer des Perlflusses. Schon von draußen kann man sehen, dass der große Saal gut besucht ist. Von Dekan Liu begleitet, betritt Robert den Raum. Als er die Reservierung mit drei runden Tischen und dreißig Plätzen erblickt, ist Robert verblüfft. Das heißt ja, ungefähr die Hälfte der Zuhörer kommt mit zum Essen. Wie ist das nur möglich? Wenn ein deutscher Professor so großzügig mit seinem Budget umgehen würde, gäbe es mächtig Ärger. Aber hier in Kanton gelten offenbar andere Maßstäbe.

Gemeinsames Essen macht glücklich und stark, und je mehr Leute kommen, desto mehr Glück und Stärke, erklärt Tingyi. Er solle sich mit Fay zum Dekan des Fachbereichs setzen.

Während Robert sich umschaut und nach dem richtigen Platz sucht, hört er laute Musik, das Geschrei eines Spaßmachers mit Mikrofon und Gelächter. Unmittelbar neben der akademischen Gesellschaft wird eine Hochzeit gefeiert. Da sie nur durch einen dünnen Wandschirm von den anderen getrennt sind, hört man im ganzen Lokal alles mit. Einige Gäste aus Roberts Gruppe stellen sich an die Lücken zwischen den Wandschirmen, um einen Blick auf die Zeremonie zu erhaschen. Als der Bräutigam seiner Braut das Kopftuch abzieht, klatschen die Hochzeitsgäste laut Beifall. Da sagt einer der Schaulustigen zu seinen Bekannten: »Schaut euch mal die Braut an! So ein zerknitterter Salatkopf wagt es, sich feiern zu lassen? Sie sollten lieber gleich ins Bett gehen, wo keiner sie sieht. Ja, wenn unser edler Gast aus Deutschland hier heiraten würde, das wäre ein Anblick! Sui Tingyi trägt schon ihr Brautkleid!«

Während Tingyi knallrot wird, hat Robert zum Glück nichts verstanden, er setzt sich wie empfohlen neben Fay und lässt den Blick durch den Raum schweifen. Nach einer kurzen Weile teilt er die Mitgekommenen für sich selbst in vier Gruppen ein: Die erste umfasst die Fachleute. Das sind Dekan Liu, seine Lehrkräfte und Lieblingsstudenten. Die zweite bilden die Einflussreichen. Das sind Professor Rao und seine Leute. In der dritten Gruppe sind seine privaten Unterstützer versammelt. Tingyi bildet den Kern, um sie herum sind ihre Schwester, ihr Schwager und ehemalige Kommilitonen versammelt. Es gibt aber nicht wenige Gesichter, die gar nicht beim Vortrag anwesend waren, sondern erst zum Essen erschienen sind, als wären sie vom Himmel heruntergefallen. Dem Benehmen nach tippt er auf Universitätsbeamte mit ihren Verwandten und Freunden. Diese Menschen nennt er heimlich die Geier.

Was für eine bunte Mischung, denkt Robert. Aber sie scheinen zu wissen, wie man einem Gast Freude macht. Als er eine Flasche Bier der Marke *Jinwei* bestellt, wollen alle Tischgenossen ebenfalls dieses Bier haben. »Prost«, erhebt Robert sein Glas und lacht. Er hat das Gefühl, dass der Abend ein großer Erfolg werden wird.

Durch die Hochzeit nebenan herrscht eine vergnügte, festliche Stimmung im Saal, und da Robert nun einmal der Star des Abends ist, wollen alle mit ihm zu tun haben. Kaum hat der Deutsche einen Schluck Bier getrunken, kommen zwei Studenten auf ihn zu und wollen ihm für einen Bericht in der Universitätszeitschrift ein paar Fragen stellen. Dann kommen wieder andere und gratulieren ihm zu seinem gelungenen Vortrag. Als auch Professor Rao ihm auf die Schulter klopft und ihn als »ideenreichen Forscher« bezeichnet, strahlt Robert übers ganze Gesicht.

Dass Professor Rao mit guter Laune zu ihm gekommen ist, kommt ihm sehr gelegen. Denn bei aller Aufregung der letzten Tage hat Robert das Nymphen-Bild nicht vergessen, das Rao gemalt hat. Er glaubt, dass er Tingy unbedingt dieses Bild zeigen muss, damit diese Nacht anders wird als alle anderen Nächte. Seine Eifersucht meint er zwar überwunden zu haben, aber er will nicht aus China abreisen, solange Tingyi dieses Bild nicht gesehen hat. Es würde sonst etwas von ihr zurückbleiben, das dringend gebraucht wird, um eine Familie zu gründen.

Er packt die Gelegenheit beim Schopf und bittet Professor Rao, dass er sich ein Bild von ihm leihen darf. »Nur für heute Nacht, morgen schicke ich es zurück«, sagt er gleich zweimal hintereinander. Er wolle sich etwas von Professor Rao einprägen, weil er seine Malerei als das Schönste an China empfinde. Er hätte sich gern ein Bild gekauft, aber der Professor sei so berühmt, dass er sich kein Bild von ihm leisten könne, erklärt er und versichert erneut, er werde das Bild gleich morgen seinem Schöpfer unversehrt wieder zukommen lassen.

Der Professor zeigt sich überrascht über Roberts Interesse und will wissen, welches Bild er denn meine. Da stottert Robert plötzlich herum und gibt keine klare Antwort. Er werde natürlich kein großes Bild ausleihen, auch kein Werk von großer Bedeutung. Ihm gefielen eher die kleinen Bilder, worauf Menschen, Tiere oder Landschaften zu sehen seien. Er wisse noch nicht genau, welches er ausleihen wolle, aber er werde es auf jeden Fall beschützen wie seinen Augapfel. »Fay hat mir eine Reihe von Ihren Bildern gezeigt, und alle haben mir sehr gefallen. Ein Schatzsucher, der in eine Diamantenmine geraten ist, könnte nicht glücklicher sein, als ich es war, als ich die Bilder in Ihrem Büro sah. Aber es waren so viele Bilder, dass sie in meinem Kopf etwas durcheinandergeraten sind. Wenn ich sie noch einmal durchblättern darf, weiß ich sofort, welches ich für immer in meinem Kopf mit mir tragen will«, fügt er hastig hinzu und schaut Rao flehend an.

»Hm, du spielst doch Scharade mit mir, nicht wahr?«, sagt der Professor belustigt. »Wieso bist du nicht schon früher mit dieser Bitte zu mir gekommen?«

»Bis heute war mir noch nicht klar, dass ich mich von Ihren Werken nur so schwer trennen kann. Aber je näher die Abreise rückt, desto mehr vermisse ich sie. Heute habe ich die letzte Chance, sie anzusehen. Fay hat mir gesagt, dass man die Bilder erster und zweiter Klasse nur mit Ihrer schriftlichen Genehmigung ausleihen darf. Aber ich bin bescheiden und werde natürlich kein Gemälde dieser Kategorien auswählen. Wenn ich nächstes Mal nach China komme, hoffe ich sehr, dass ich genügend Geld gespart habe, um mir ein kleines Gemälde von Ihnen leisten zu können«, sagt Robert im dringlichsten Ton, den er hervorbringen kann.

»Ha, ha, ein Sammler bist du auch noch«, lacht der Professor vergnügt. Ihm kommen Roberts Erklärungen zwar nicht ganz logisch vor, aber ein gewisses Vertrauen genießt der Ausländer doch schon bei ihm. »Ich führe darüber nicht Buch, deswegen weiß ich oft selbst nicht, wo manche meiner Bilder gelandet sind. Es ist, als hätten sie Füße bekommen und wären von selbst weggelaufen.« Nach einer kurzen Pause sagt er: »Ich hoffe, das Bild, das du so dringend haben möchtest, ist noch da. Findest du es, kannst du es dir für zwei Tage ausleihen. Ich habe heute Abend noch einen Termin und werde dir das Bild nicht persönlich aushändigen können. Fay wird sich um deinen Wunsch kümmern.«

»Wunderbar«, sagt Robert und wirft sich dem Professor vor Dankbarkeit an den Hals. Dieser ist solche Nähe zwischen Männern allerdings nicht gewöhnt und wehrt instinktiv ab. Als er die überschwängliche Freude des Gastes spürt, lässt er sich allerdings doch einen Augenblick lang umarmen. Einige Anwesende haben ihnen zugeschaut und klatschen jetzt in die Hände, als hätten sie einen Tanz auf dem Hochseil gesehen oder den fliegenden Kuss, den sich zwei Trapezkünstler geben.

Tingyi sitzt an einem anderen Tisch, ist aber nicht minder beschäftigt als Robert. Lange schwelgt sie in Erinnerungen mit ihren Kommilitonen und erzählt von Berlin. Dabei vergisst sie nicht ihren Beruf. Kommt ihr ein Gesicht interessant vor, versucht sie ein Porträt. Auch für Robert macht sie zahlreiche Fotos von der Feier. Als Professor Rao sie mit einem Galeristen bekannt macht, beginnen ihre Augen zu strahlen, als hätte sie einen Adrenalinschub bekommen. Der Galerist zeigt Interesse an ihren Fotos, und sie gibt sich die größte Mühe, den fremden Mann für sich zu gewinnen. So sitzen beide nebeneinander und vertiefen sich in ein Gespräch, als wären die anderen gar nicht da. Nach einer Weile sagt der Mann, er würde gern nach draußen gehen, um eine Zigarette zu rauchen, und fragt, ob Tingyi vielleicht mitkommen würde. »Warum nicht«, sagt sie. »Die frische Luft wird mir guttun.«

Auch an den anderen Tischen hat sich die Sitzordnung mittlerweile gelockert. Zur Unterhaltung des ausländischen Gastes steht eine Studentin auf und zeigt einen Volkstanz der Miao. Andere stehen um Roberts Tisch herum, um ihn anzusehen und ihm zuzuhören.

Robert ist schon genauso satt wie die anderen, doch er wird ständig gebeten, weiterzuessen. Es macht den Anwesenden offensichtlich Spaß, den Ausländer mit Stäbchen hantieren zu sehen und ihm Mut zuzusprechen. Sie fragen ihn nach den chinesischen Wörtern, die er während seiner Reise gelernt hat, und als er sie wiederzugeben versucht, sind sie so entzückt, als säße ein Sprachgenie vor ihnen. Robert wird immer vergnügter.

Nun wollen die Chinesen von ihm wissen, wie das Leben in Deutschland sei und was die Deutschen von anderen unterscheide. Als einer fragt, ob er einen Zusammenhang zwischen Speisen und Charakter sehe, sagt der Deutsche spontan: »Ja, die Küche ist hier so vielfältig. Man hat den Eindruck, dass die Chinesen nichts ansehen können, ohne sich zu fragen, wie es schmeckt und ob es wohl gut zu essen sei. Ich finde, das ist eine herrliche Neugier, sie bringt Erkenntnis und große Vielfalt – und es wird nichts weggeworfen. Innereien, Hühnerfüße und Fischköpfe – aus allem wissen die chinesischen Köche etwas zu machen.«

Die Zuhörer sind begeistert und stellen immer noch mehr Fragen. Robert fühlt sich als Sonderbotschafter der Freundschaft und gibt eine spritzige Antwort nach der anderen. Aber er ist klug genug, um auch Gegenfragen zu stellen. Zum Beispiel wieso der Service hier immer so gut sei. Überall, in Restaurants und Läden, werde man schnell und freundlich bedient. Dekan Liu, der schon zweimal im Ausland war, weiß Bescheid. »Wir haben in China den echten Kapitalismus, viel echter als bei euch«, meint er. »Bei euch lässt man die Gäste im Restaurant warten, damit sie Zeit haben, romantische Gespräche zu führen.«

Das reizt die anderen, mitzureden. So entsteht ein Gespräch, an dem sowohl die Sitzenden als auch die Herumstehenden teilnehmen. Als sich Professor Rao wegen eines weiteren Termins nach einer Stunde verabschiedet, wird Roberts Tisch zum einzigen Magneten im Raum, und die Zuhörer bilden einen Knoten um ihn. Bald sind die Gesprächspartner so vertraut miteinander, dass eine Studentin fragt: »Man sagt, die Westler haben viele Geliebte. Ist das wahr?«

»Nein. Nur die Reichen sammeln Geliebte«, faselt Robert drauflos.

»Dann ist es wie früher in China. Die Reichen leisten sich Konkubinen, und die Armen sind froh, wenn sie überhaupt eine Frau haben«, meint Fay, die immer noch als Dolmetscherin neben ihm sitzt, obwohl die meisten der Anwesenden inzwischen Englisch mit Robert reden.

»Da ist was dran. Aber so ganz stimmt es nicht«, meint Robert. »Früher gehörten die Konkubinen zum Besitz der Chinesen. Den Westlern gehören ihre Geliebten nicht. Die modernen Frauen lassen sich nicht mehr besitzen. Wenn sie nicht zufrieden sind, laufen sie fort oder suchen sich einen heimlichen Liebhaber.« Er zwinkert mit den Augen, hält es aber für besser, seine Ausführungen an dieser Stelle zu unterbrechen.

»Aha, aha«, sagen die Chinesen und lachen verschmitzt, als hätten sie nun endlich die Europäer verstanden.

»Und zu welcher Sorte gehörst du? Zu den Reichen oder den Armen?«, fragt Fay aus dem Hintergrund.

»Äh, ich gehöre natürlich zu den Armen, die treu zu ihren Lebensgefährten stehen«, sagt Robert entschieden.

»Aha, die Reichen haben Geliebte, und die Armen haben Moral«, lacht Fay, schaut Robert aber an, als glaubte sie ihm kein Wort.

»So ist es bei unserem Kapitalismus. Jeder hat was, und niemand ist ganz arm«, behauptet Robert und tut so, als wäre er eine große Autorität für Fragen der westlichen Gesellschaftsordnung.

Die Chinesen trauen sich immer mehr zu. Eine Studentin streckt scherzhaft die Hände aus, um Roberts Haar anzufassen.

»Das Haar der Deutschen fühlt sich viel feiner als das der Chinesen an«, ruft sie überrascht. Schon wollen auch alle anderen Roberts Kopf anfassen und prüfen, ob die junge Frau recht hat. Jeder, der Robert berührt hat, kichert und lacht, als wäre es ein besonderes Glück. Als Robert fürchtet, die Chinesen würden ihm gleich mit den Händen unter das Hemd schlüpfen, um seine Rippen zu zählen oder den Umfang seines Brustkorbs zu messen, wird es ihm zu viel. Er entschuldigt sich und flüchtet auf die Toilette.

Als Tingyi gerade mit dem Galeristen wieder in das Lokal zurückkehren will, begegnet ihr Professor Rao. »Du willst schon gehen?«, fragt sie erschrocken.

Rao bestätigt, dass er noch einen Termin habe und leider nicht bleiben könne.

»Darf ich dich zum Auto begleiten?«, fragt sie.

Stumm gehen sie über den Parkplatz. Erst als er schon fast im Wagen sitzt, beginnt sie plötzlich zu reden. Sie redet so viel und so schnell, als wolle sie ihn mit ihren Worten einwickeln und festhalten. Zweimal macht er die Tür auf, doch jedes Mal fällt ihr etwas Neues ein, und jedes Mal muss er antworten und schlägt die Tür wieder zu. Er kann gar nicht anders.

Als er merkt, dass sie sich schwer von ihm trennen kann, schlägt er einen kurzen Spaziergang am Flussufer vor. Tingyi nimmt sein Angebot sofort an. Ohne ihren Mantel zu holen, geht sie die Treppen zur Promenade hinauf. Professor Rao gibt seinem Chauffeur die entsprechenden Anweisungen, dann folgt er ihr eilig.

Auf der Promenade lehnen sich die beiden an das Geländer, schauen über den breiten Fluss und lassen die leise Abendbrise ihr Haar streicheln. Die beleuchtete Insel zu ihren Füßen und das Lichtermeer am anderen Ufer lassen die Stadt wie ein Diamantendiadem funkeln.

Nach einer Weile sagt Tingyi: »Wie schnell das Leben sich ändert. Letztes Mal konnte ich noch in Ruhe mit dir reden. Diesmal sind wir ständig von Menschen umgeben.« Sobald sie mit Professor Rao allein ist, klingt ihre Stimme ganz anders. Ihre Worte erinnern an das lange Haar einer Frau, das im Wind weht.

»Ja, letztes Mal warst du fröhlicher. Was bedrückt dich denn so?«, fragt der Professor ohne Umschweife. Auch seine Stimme klingt anders als sonst – tiefer und weicher.

Tingyi weiß, dass es die letzte Chance ist, mit ihrem früheren Liebhaber unter vier Augen zu reden. Deswegen kommt sie auch gleich zum Thema. »Mein Schicksal beunruhigt mich. Ich fürchte, dass mir etwas Böses bevorsteht«, sagt sie seufzend. Dann erzählt sie in kurzen Sätzen, was für ein schlechtes Los sie im Tempel gezogen hat und was für Unheil der Mönch ihr andeutungsweise vorausgesagt hat.

Zu ihrer Überraschung ist Professor Rao nicht bereit, ihre Sorge zu teilen, sondern fängt an zu lachen. »Das Leben im Ausland muss dich geschwächt haben, dass du nichts mehr wagst, sondern dich lieber hinter dem Schicksal versteckst.« Sein Gesicht ist ihr zugewandt, doch im Dunkeln kann er nur die Funken in ihren Augen erkennen. »Vor zehn Jahren wolltest du unbedingt ins Ausland. Da hast du niemand gefragt. Erst hast du gegen die Konkurrenz gekämpft, dann gegen deine Familie und deinen Willen durchgesetzt. Wo ist dein Kampfgeist geblieben?«

Wie von einem Stich in die empfindlichste Stelle getroffen, zieht Tingyi den Kopf ein und schützt ihren Körper mit ihren

Armen. Sie sagt nichts. Der Mann hört nur ihren leichten, flatternden Atem.

Professor Rao schaut auf das dunkle Wasser, in dem sich die Lichter spiegeln, während es träge zum Meer fließt. »Wenn du einen Rat brauchst, darfst du ihn niemals von einem Mönch holen. Die Mönche wollen nur eins: dass die Menschen von ihnen abhängig werden und unter ihrem Einfluss leben«, sagt Rao. »Vergiss nicht: Die Tempel sind erst seit ein paar Jahren wieder geöffnet. Die Mönche haben sich noch nicht lange mit religiöser Weisheit beschäftigt, sondern genau wie wir anderen mit Holz und Reis, Öl und Salz. Nun braucht die neue Zeit Mönche, deswegen haben sie sich eine Kutte übergestreift – und sind Unternehmer geworden. Wenn Besucher mit schwachem Willen zu ihnen kommen, sagen sie nur allzu gern Unheil voraus. Dann geben die Besucher dem Tempel mehr Geld, um sich vor den bösen Geistern zu schützen.«

Raos Stimme ist immer weicher und sanfter geworden. Er klingt nicht mehr wie der berühmte Professor.

»Vielleicht hast du recht. Ich bin zu einem schwachen Menschen geworden«, murmelt Tingyi unhörbar. Die kühle Abendluft lässt sie frösteln. »Es ist eigentlich nur, weil mich alle drängen, ein Kind zu bekommen. Ich fühle mich wie ein Schaf, das zur Schlachtbank geführt wird. Dabei hätte ich sehr gern ein Kind.«

Der Mann zieht seine Jacke aus und legt sie Tingyi um die Schultern. »Wenn du gern ein Kind hättest, dann lass dich nicht irre machen. Du darfst deinen Wunsch nicht verleugnen.« Das sagt er in einem Ton, als wolle er einen lieben Menschen aus einem Alptraum zurückholen. »Du bist doch eine starke Frau. Und wirst es auch immer bleiben.« Nach einer kurzen Pause fügt er hinzu: »Du wirst bestimmt eine sehr liebevolle Mutter und eine unvergessliche Künstlerin außerdem, Liebling.«

Tingyi zuckt zusammen. Sie hält sich am Geländer fest und schließt ihre Augen. Sind es seine Worte oder ist es das im Dunkeln rauschende Wasser, das sie schwindelig macht? Es ist, als hätte sie eine lange Reise gemacht und wäre nun wieder zu Hause. Am liebsten würde sie weinen. Doch sie presst die Lider zusammen und drängt ihre Tränen zurück. »In den Jahren in Berlin habe ich dich sehr vermisst.« Der Satz ist ihr wie von selbst aus der Kehle gesprungen. Als sie sich die Hand auf die Lippen drückt, ist es bereits zu spät. Die Worte haben den Mann schon erreicht. Er legt ihr den Arm um die Schultern und zieht sie sacht an sich.

»Weißt du, was ich bis heute nicht vergessen kann?«, sagt er. »Du hast dir damals ein Kind von mir gewünscht. Von einem verheirateten Mann. Gut, du hast es mir erst verraten, als schon alles vorbei war. Da konnte ich nichts mehr machen. Es war niemals meine Entscheidung. Aber als du das gesagt hast, wusste ich, dass du eine ungewöhnliche Frau bist. Für andere wäre das wie eine Kastanie im Feuer. Sie fürchten den Knall und laufen davon. Ich hätte jederzeit meine Finger ins Feuer für dich gesteckt.« Er legt die Hand aufs Herz und macht eine theatralische Geste. »Ich bedaure heute noch, dass ich dich nicht geschwängert habe.« Er sagt es in einem Ton, als wäre sie immer noch seine Geliebte.

»Das kannst du auch nicht mehr ändern«, sagt sie ernst und schiebt seine Hand weg. »Wir werden keine gemeinsamen Kinder haben, so wahr wir hier stehen. Aber du hast einen festen Platz in meinem Herzen und wirst ihn auch immer behalten.«

»Ja, ja, ich weiß: Du bist wie der Perlfluss, der immer von Westen nach Osten und niemals umgekehrt fließt«, sagt Rao und steckt lässig die Hände in seine Hosentaschen, als ob er ihre Abwehrgeste gar nicht bemerkt hätte. »Aber wer weiß. Vielleicht kann ich im nächsten Leben Gedanken lesen. Dann werde ich die Gelegenheit nicht wieder verpassen«, sagt er lächelnd. Dann dreht er sich abrupt um. »Na, willst du mich zum Auto begleiten? Die Menschheit wartet auf mich.«

Tingyi lächelt, sie gibt ihm die Jacke zurück und hakt sich bei ihm unter. »Jetzt haben wir nur über meine Sorgen geredet«, sagt sie. »Wie geht's dir eigentlich? Du wirkst auch ein wenig bedrückt.«

Nun ist es der Professor, der einen Seufzer ausstößt. Er scheint etwas sagen zu wollen, macht den Mund auf, bringt jedoch kein Wort hervor. Erst als Tingyi ihn drängt, gibt er zu, dass er ein Problem hat. »Fay macht mir sehr zu schaffen«, sagt er leise, während sich seine Schritte verlangsamen. »Vor ein paar Tagen hat mich ein Kunstsammler aus den USA angerufen und mir gesagt, er habe dort gerade bei einem renommierten Galeristen mein ›Bild mit vier Krabben‹ gesehen, das zu einem ansehnlichen Preis angeboten wird. Ich habe es aber niemandem geschenkt oder verkauft.« Der Professor fährt sich mit der linken Hand durch die Haare. »Nach dem Anruf habe ich Fay gesagt, sie solle mir das Bild bringen. Ich wolle es einfach mal betrachten. Sie hat behauptet, es sei zurzeit an ein Ministerium verliehen. Aber das war nicht das Einzige, was mich misstrauisch macht. Einmal hat sie ein lukratives Geschäft mit einem Schweizer Sammler verhindert. Ein anderes Mal hat sie mich zu einer falschen Adresse geschickt, damit das Treffen mit einem Ausländer gar nicht zustande kam. Am Anfang dachte ich, es wäre ein Zufall. Inzwischen häufen sich solche Sachen, ich habe das Gefühl, dass Fay ein doppeltes Spiel mit mir treibt.«

Sie bewegen sich Richtung Osten über die Promenade. An der nächsten Kreuzung soll der Chauffeur auf den Professor warten. Tingyi geht extrem langsam, um die Zeit mit Professor Rao zu verlängern. »Ich glaube auch, dass sie keine Künstlerseele besitzt«, sagt Tingyi. »Aber wenn sie schwarze

Geschäfte mit deinen Werken betreibt, wieso schmeißt du sie nicht raus?«

»Tingyi, du denkst wie ein Westler«, seufzt Rao. »Fay wurde mir von der Uni geschickt. Ich bin nun mal so eine Art Staatsschatz und brauche gewisse Aufsicht. Das sagen jedenfalls der Universitätspräsident und die Kader. Ich werde Fay einfach nicht los.« Als er merkt, dass Tingyis Stimmung jetzt seinetwegen wieder gesunken ist, versucht er sie mit einem Spruch aufzuheitern: »*Renpachuming zhupazhuang* – die Menschen fürchten sich vor der Berühmtheit, so wie die Schweine sich vor dem Fettwerden fürchten. Das gehört wohl zum Leben. Umso mehr sollst du deine Jugend genießen. Solange du noch nicht berühmt bist, musst du auch nicht fürchten, geschlachtet zu werden.«

Tingyi drückt den Arm des Professors und drängt sich an seinen Körper, als wäre ihr kalt. Er legt den Arm um ihre Schultern, um sie zu wärmen. Wäre ihnen jemand entgegengekommen, hätte Tingyi sofort einen Abstand zu ihm hergestellt. Und der Passant hätte bei sich gedacht: eine heimliche Liebschaft. Aber niemand taucht auf, und so gehen sie weiter im Schatten der Bäume. »Ich verstehe: Selbst wenn Fay weg ist, kommt eine andere wie sie, und du bist ihr genauso ausgeliefert wie Fay.« Ihre Stimme wird so schwach, als wäre sie plötzlich heiser. »Immer bist du es, der mir hilft. Ich kann dir nie helfen.«

»Doch, doch«, meint Professor Rao und wird wieder munter. »Wenn du nach China zurückkommst, sag mir Bescheid. Dann kannst du meine Assistentin werden.«

Tingyi schüttelt den Kopf. »Hege nicht solche Träume. Du weißt, ich werde nicht deine Assistentin«, sagt Tingyi mit sanfter Stimme. Irgendwie klingt sie traurig.

»Ich weiß, ich weiß, meine Welt ist längst zu klein für dich, sonst wärst du nicht fortgegangen. Aber lass mich doch träumen.« Er drückt seine Lippen auf Tingyis Scheitel. Es ist, als wäre er wieder achtzehn und bettelte um ein Andenken für seine Liebe.

Vor ihnen ist jetzt die beleuchtete Kreuzung zu sehen. Tingyi bleibt im Schatten stehen. »Lass uns hier Abschied nehmen«, sagt sie leise. Professor Rao schließt sie in die Arme. Sie drückt ihre Wange an seine. Sie bleiben lange so stehen, denn sie wissen, sie werden sich nicht so bald wiedersehen.

15. Kapitel

Der *Caobao*

Die Lampions vor dem Eingang des Restaurants werfen rotgoldenes Licht und verleihen der Umgebung eine festliche Atmosphäre. Einige Gäste stehen darunter, die rauchen und sich unterhalten. Robert geht ein paar Schritte ins Dunkle, um frische Luft zu schnappen, nach fünf Minuten kehrt er zurück in den Saal.

Er sucht den Raum mit den Augen ab, kann Tingyi aber nicht finden. Sitzt sie an einem fremden Tisch und plaudert mit Unbekannten? Ist sie gar in die Hochzeitsgesellschaft geraten? Macht sie irgendwo Fotos? Bei ihrem Charakter ist gar nichts unmöglich. Aber warum sieht er sie nicht? Sie hat doch dieses auffällige, leuchtende Kleid an. Verärgert presst er die Lider zusammen.

Schließlich entdeckt er Tuya und fragt sie auf Englisch, ob sie wisse, wo ihre Schwester ist. Die Antwort versteht er nicht ganz, er hört nur »outside« und »Professor Rao«. Achselzuckend setzt er sich wieder an seinen Platz, bestellt ein Bier und versucht am Tischgespräch teilzunehmen. Aber was ihn vorher gereizt hat, kommt ihm jetzt wie sinnloses Geschwätz vor. Außerdem scheinen sich die Chinesen inzwischen internen Fragen der Universität zugewendet zu haben. Als Tingyi nach einer Viertelstunde immer noch nicht wieder da ist, wird Robert unruhig. Doch er kämpft seine Eifersucht nieder und beschließt, jetzt seinen Plan in die Tat umzusetzen.

»Ich habe mit dem Professor gesprochen«, sagt er leise zu Fay. »Er hat mir gestattet, ein Bild auszuleihen. Er hat gesagt, du kannst es mir geben.«

»Jetzt gleich?«, fragt sie überrascht.

»Ja, das wäre das Beste«, sagt Robert. »Ich lasse es morgen zurückbringen.«

»Ja, ja, schon gut«, lächelt Fay und berührt ihn wie versehentlich an der Hand. »Er hat mir gesagt, ich soll dir eins geben. Warte draußen auf mich. Auf der anderen Straßenseite, verstanden?«

Die Heimlichkeit ist Robert recht. So kann die Überraschung noch besser gelingen. Vielleicht ist es ganz gut, dass Tingyi gerade nicht da ist. So steht er auf und verabschiedet sich von den Anwesenden. Dekan Liu bedauert es sehr, dass der Gast schon gehen will, und lädt ihn zu einem neuen Besuch im nächsten Jahr ein. Robert nimmt die Einladung an und bedankt sich für die Gastfreundschaft. Zu Tuya sagt er, er müsse noch etwas besorgen, Tingyi solle nicht auf ihn warten. Er schaffe es schon allein, nach Hause zu kommen, und werde dort auf sie warten. Tuya ist etwas überrascht, lässt ihn jedoch gehen.

Mit großen Schritten geht Robert hinaus. Er freut sich darauf, das Bild der nackten Frau wiederzusehen, das ihm seit Tagen vor Augen steht. Außerdem ist er leicht angetrunken.

Er braucht nicht lange zu warten. Fay kommt lächelnd über die Straße und führt ihn zurück zur Universität. Es ist kurz nach neun. Bei dem angenehmen Wetter sind immer noch viele Menschen unterwegs. Ein leuchtender Neujahrs-Drache tanzt über den Campus und zieht fröhliche junge Männer und Frauen hinter sich her. Robert betrachtet das Schauspiel eine Minute lang aus der Ferne, dann setzen sie ihren Weg fort.

»Welches Bild willst du eigentlich?«, fragt Fay, während sie unter den Bäumen dahingehen. »Nein, lass mich raten. Den ›Frühlingstraum‹, stimmt's?«

»Ja«, sagt Robert mit belegter Stimme. »Den ›Frühlingstraum‹.«

Kurz danach stehen sie im Büro von Professor Rao. Als Robert nach dem Lichtschalter tastet, stellt sich ihm Fay in den Weg. Robert spürt ihren weichen Körper unter den Fingern und zieht hastig die Hand zurück.

»Mach kein Licht. Sonst werden wir von den Kollegen im gegenüberliegenden Gebäude gesehen«, flüstert Fay und kramt eine Taschenlampe aus ihrer Ledertasche.

»Professor Rao hat doch erlaubt, dass ich mir das Bild leihe.«

»Ja. Aber die Kollegen wissen nichts davon. Sie sehen nur mich mit einem Ausländer im Gebäude herumspazieren. Bei dieser späten Stunde schöpfen sie schnell Verdacht. Dann zerreißt sich morgen die ganze Uni das Maul über mich.« Sie knipst die Taschenlampe an und führt ihn zu Raos Sessel. »Du brauchst gar nichts zu machen. Warte hier. Ich hole das Bild.«

Robert setzt sich wie geheißen, fühlt sich aber sehr unbehaglich. »Aber wenn die da drüben das Licht aus deiner Taschenlampe sehen, halten sie uns womöglich für Diebe«, sagt er.

»Mach dir nicht so viele Gedanken.« Fay steht jetzt vor dem Wandschrank und hat mit dem Suchen begonnen. Dabei entsteht ein leichtes Stoßgeräusch durch die Bilderrahmen. Im ersten Augenblick denkt Robert, es klopft jemand an die Tür. Er will gerade aufspringen, da sagt Fay: »Hm, komisch. Ich habe das Gemälde extra zwischen zwei große gelegt, damit ich mir die Stelle leicht merken kann. Aber es ist nicht mehr da.«

Robert hat das Gefühl, als hätte ihm jemand kaltes Wasser über den Kopf gegossen. Er eilt zum Schrank und kniet sich auf den Boden. »Lass mich mal suchen. Bei dieser Dunkelheit kann es leicht passieren, dass du das richtige übersehen hast.« Er streckt die Hand nach der Taschenlampe aus, aber Fay gibt sie nicht her. »Nicht nötig. Ich habe sie alle durchgesehen. Lass mich lieber suchen. Kann sein, dass Professor Rao sich das Bild in der Zwischenzeit angeschaut und dann woanders hingelegt hat. Er ist etwas unordentlich.« Sie bückt sich vor dem Schrank nebenan und setzt ihre Suchaktion fort.

Robert ballt seine Fäuste, bis die Finger wie Streichhölzer knacken. Das Licht der Straßenlaternen fällt von draußen herein, und er muss an die Nacht denken, als Tingyi in Raos Büro war. War es das hier? Nein, damals war Rao noch kein Professor. Aber wo könnte das Bild sein? Robert steckt den Kopf in den Schrank. Obwohl sich seine Augen inzwischen an die Dunkelheit gewöhnt haben und die Konturen der Möbel und Bilder erkennen können, hilft ihm das nicht weiter. Ohne Licht ist der »Frühlingstraum« nicht zu finden. Er überlegt sich, ob er wie aus Versehen die Deckenbeleuchtung einschalten könnte.

»Bleib von der Tür weg«, ruft Fay. »Nicht dass du zufällig noch an den Lichtschalter kommst.«

»Ich bin gleich durch«, fügt sie tröstend hinzu. Dabei arbeitet sie tatsächlich fleißig. Unter ihren Fingern klappern die Bilderrahmen wie Dominosteine. Dennoch dauert es eine Weile, bis sie alle vier Schränke durchsucht hat. Als sie die vorgebeugte Haltung aufgibt und sich wieder aufrichtet, muss sie sich zuerst den Schweiß von der Stirn wischen. »Hm, das ist ja wirklich rätselhaft. Sieht aus, als hätte Professor Rao deine Absicht geahnt und das Bild woanders versteckt.« Sie lässt den Lichtkegel ihrer Taschenlampe über Raos Schreibtisch wandern. Da dort nichts Verdächtiges liegt, landet der

Lichtstrahl schließlich auf Roberts Gesicht. Geblendet hebt Robert die Hände. Fay stößt ein silbernes Lachen hervor. Na endlich, der fremde Teufel kapituliert!

»Das kann nicht sein. Er hat doch gar nicht gefragt, was ich ausleihen möchte«, verteidigt sich Robert.

»Hm, was machen wir dann?«, sagt Fay und setzt sich vor Erschöpfung erst mal aufs Sofa. »Willst du dir vielleicht ein anderes Bild borgen? Oder musst es unbedingt der ›Frühlingstraum‹ sein?«

Robert schüttelt den Kopf. »Nein, ich möchte die tanzende Nymphe.«

»Professor Rao hat viele Schönheiten mit seinem Pinsel erschaffen«, sagt Fay. »Die Frau, die du ausleihen willst, ist doch gar nicht besonders schön.«

Robert macht eine hilflose Geste. »Ich möchte aber nur dieses Bild.«

»Aha, verstehe«, sagt Fay mit spöttischem Unterton. »Weil die Nymphe deiner Freundin ein bisschen ähnlich sieht, willst du ihr das Bild zeigen und ihr einreden, sie sei jetzt unsterblich geworden, hab ich recht, hab ich recht?«

Robert gibt keine Antwort. Er fragt sich, ob Fay wohl eifersüchtig auf Tingyi ist. Hat sie vielleicht ein Verhältnis mit Rao? Hat er sie auch gemalt?

»Na schön«, sagt Fay, als Robert sie nur stumm anblickt. »Ich werde ihn anrufen.« Sie zieht ihr Handy heraus und wählt eine Nummer. Tatsächlich meldet sich Rao sofort. Als er hört, dass Robert ausgerechnet dieses frühe Werk von ihm ausgewählt hat, lacht er. Der junge Deutsche habe ja Adleraugen! »Ich habe es zufällig gestern erst in der Hand gehabt«, sagt er. »Ich glaube, ich habe es in die Schreibtischschublade gelegt.« Dann bittet er Robert ans Telefon.

»Ja …«, sagt er zu dem Deutschen. »Ich … kann verstehen, warum dir das Bild gefällt. Mir bedeutet es auch … sehr viel.« Er zögert eine Sekunde. »Deshalb möchte ich es dir und Tingyi schenken. Nimm es mit nach Berlin! Es soll euch … Glück bringen.«

Robert ist sprachlos. »D-d-danke«, stammelt er. »Vielen Dank!« Aber Rao hat bereits aufgelegt.

»Ich frage mich, wieso Professor Rao das alte Bild gerade jetzt herausgekramt hat«, knurrt Fay. »Vielleicht hat es ja tatsächlich mit deiner Freundin zu tun.« Sie seufzt.

»Ach, das glaube ich nicht«, behauptet Robert jetzt plötzlich. »Die beiden haben sich kaum gekannt. Das ist eine Traumgestalt, da bin ich ganz sicher.« Überrascht hebt Fay die Augenbrauen, sagt aber nichts.

Dann geht sie zielstrebig auf den bombastischen Schreibtisch zu, der fast doppelt so groß ist wie ein normaler Schreibtisch. Sie entriegelt die Schubladen und hält kurz darauf das begehrte Objekt in den Händen. Robert, der dicht neben ihr steht, streckt strahlend die Hand danach aus, aber Fay will es ihm noch nicht geben. Sie legt es auf den Tisch und lässt den Lichtstrahl der Taschenlampe zwischen der Brust und der Scham der nackten Frau hin und her wandern. »Nun, was sagst du?«

Die beleuchteten Stellen sind vom Morgennebel halbwegs bedeckt, lassen sich jedoch gut erkennen. Aber Robert möchte über das Bild nicht mit Fay reden. Deswegen sagt er nur allgemein: »Diese Figur ist von Kopf bis Fuß die Verkörperung der Schönheit.«

»Siehst du nicht, dass die Brustwarzen der Frau angeschwollen sind? Auch ihre Scham ist doppelt so dick wie normal, als wäre sie eine reife Feige, die bei der Berührung eines Sonnenstrahls platzen könnte. Weißt du, was das zu bedeuten hat?«, fragt sie geheimnisvoll.

Als der Mann wie ein dummer Schüler den Kopf schüttelt, zieht sie missbilligend die Mundwinkel nach unten: »Ich dachte, ihr Europäer kennt euch mit Frauen aus, aber du bist anscheinend nur ein *Caobao*.« Sie schnaubt durch die Nase, dann gibt sie sich nachsichtig. »Gut, ich verrate dir, was in diesem Bild versteckt ist: Die Frau ist in erregtem Zustand. Sie erwartet einen Partner, der gleich mit ihr Sex machen wird.«

»Aha«, macht Robert, sieht aber nicht klüger aus als zuvor. »Was ist ein *Caobao*?«

Caobao bedeutet »Strohkopf«. Aber das will Fay ihm nicht sagen. »Ein *Caibao*«, grinst sie, »ist ein leckeres Dampfbrötchen. Gut zum Vernaschen.« Sie kichert vergnügt, weil sie das Wort so unauffällig vertauscht hat, gibt ihm das Bild aber immer noch nicht. Sie lehnt sich mit dem Hintern an den Tisch und fragt: »Na, wie willst du mir danken? Hätte ich dich nicht dauernd vor Professor Rao gelobt, hättest du das Bild bestimmt nicht geschenkt bekommen.«

»Sag, was du dir wünschst«, sagt Robert. Er weiß, ohne Fays Hilfe hätte er von dem Bild nie erfahren, ganz zu schweigen von seiner Geschichte. Im Kopf geht er rasch die Optionen durch: Eine hübsche italienische Damentasche? Oder ein exklusiver Füllfederhalter? »Vielleicht kannst du mit einem kleinen Überraschungspaket rechnen, wenn ich in Berlin bin.«

»Was ich mir wünsche, hast du im Überfluss«, sagt Fay und spielt mit der Taschenlampe ein paarmal Ein und Aus. Und dann spürt Robert zwei feuchte Lippen auf seinem Mund. Schon hat er alles vergessen, was er an diesem Tag vorhatte. Fast eine Minute lang lässt er es zu, dass Fay ihm die Hand in den Schritt schiebt und sacht hin und her bewegt. Er ist so durstig nach einer Liebkosung. Er umarmt die Frau, saugt ihre Zunge zwischen die Lippen und tastet nach ihren Brüsten. Fay lässt sich zurücksinken und liegt vor ihm auf dem Tisch …

In diesem Augenblick gibt es in seinem Kopf einen Knall, und er merkt, was passiert. Von einem Augenblick zum anderen erstarrt er, dann lässt er Fay los, ballt seine Hände zu Fäusten und drückt sie sich vors Gesicht. Im nächsten Augenblick greift er nach dem Bild auf dem Tisch und flüchtet zur Tür.

Fay ist total überrascht. Sie stößt leise, hilflose Laute hervor und tastet nach ihm in der Dunkelheit. Sie glaubt wohl, es wäre ein Teil des Spiels. Aber dann merkt sie, was er vorhat. Sie richtet sich auf und nach einem kurzen Augenblick beginnt sie zu lachen wie eine Hyäne. »Du Feigling«, sagt sie. »Du hast ja Angst vor dir selbst!« Sie lacht und lacht und dann beginnt sie zu weinen, als hätte sie sich im Leben noch nie so gut amüsiert.

Robert stößt die Tür auf und dreht sich um. Im Dunkeln kann er Fays zitternde Silhouette erkennen. Ihr Rock ist hochgerutscht und ihre Bluse hängt offen. Ihm fällt auf, dass ihre Brüste in der Nacht viel größer sind als am Tag. »Ich muss gehen. Tingyi wartet auf mich.« Er keucht immer noch, aber er versucht seinen Atem ruhig zu halten. Fay soll nicht merken, dass sie ihn immer noch erregt.

Der Name Tingyi wirkt wie ein Schlag, der Fay an den Schreibtisch zurückwirft. Das Lachen erstickt ihr in der Kehle. Ihre Brust fällt in sich zusammen. Hilflos zieht sie die Finger durchs Haar, bleibt aber weiter am Schreibtisch stehen. Dann sagt sie: »Robert, mein Anblick hat dich erregt. Das ist das beste Geschenk, das du mir machen konntest. Ich danke dir für dieses männliche Geschenk!«

Robert stößt einen Seufzer hervor. »Du bist sehr begehrenswert«, sagt er. »Ich hätte wissen sollen, warum du mich *Caobao* nennst. Ich danke dir, Fay – und nicht nur für dieses Bild.«

16. Kapitel

Das Geschenk

Als Robert das Gebäude verlässt, spürt er immer noch ein heftiges Herzklopfen. Um sich abzukühlen und um sich nicht zu verlaufen, nimmt er den schönsten Weg, den er kennt: über die Promenade am südlichen Ufer des Perlflusses, die er beim ersten Joggen in Kanton kennen gelernt hat. Es ist kurz nach zehn.

Die Aufregung, der Kontakt mit der schönen Fay und nicht zuletzt das Bier haben seinen Körper arg durcheinandergebracht. Während er auf den Fluss hinunterschaut und seine Gedanken zu ordnen versucht, verspürt er plötzlich ein dringendes Bedürfnis. Er beschleunigt seine Schritte, irgendwo hier muss das Toilettenhäuschen sein, das ihn schon einmal gerettet hat.

Der Toilettenpfleger hört seine Schritte und kommt aus seinem Häuschen heraus. Als er Robert im schwachen Licht einer flackernden Neonlampe erblickt, streckt er ihm die Arme entgegen, als wolle er einen alten Freund umarmen. Aber das tut er natürlich nicht. So redet er einfach mit geöffneten Armen drauflos. »Na, ich habe doch gesagt, dass du wiederkommen wirst«, sagt er – wie gewöhnlich auf Chinesisch – und strahlt übers ganze Gesicht.

»Ich werde wohl Ihr Häuschen noch mal in Anspruch nehmen müssen«, sagt Robert – wie gewöhnlich auf Deutsch. Dass der alte Mann so freundlich ist, muntert ihn auf. Er hat das Gefühl, einem alten Freund zu begegnen. Mit Handbewegungen macht er deutlich, dass er dem Mann das Bild für einen Moment übergeben möchte.

»Na klar. Nicht jedes Ding soll bei mir mitgeräuchert werden«, sagt der Chinese. »Geh nur rein. Ich passe auf deinen Schatz auf.« Mit beiden Händen übernimmt der runzelige Mann das schimmernde Kunstobjekt, aber erst nachdem Robert im Eingang verschwunden ist, wirft der Mann einen Blick auf das Bild, und seine Pupillen beginnen sich zu vergrößern.

Als Robert wieder aus dem Häuschen herauskommt, bemerkt er sofort die Wirkung, die das Bild auf den alten Mann hat. »Sie ist schön, nicht wahr?«, sagt er stolz. »Sie ist meine Freundin.«

»Aha, du bist also ein Nackedei-Künstler. So ein Moderner bist du, und ich hab dich für einen Seemann gehalten«, sagt der Chinese mit glänzenden Augen, als hätte er den achtbeinigen Drachen nun endlich mit eigenen Augen gesehen.

Robert spürt die Begeisterung des Mannes und will ganz offen sein. »Ich werde ihr heute ein Kind machen. Da rein.« Er zeigt mit dem Finger auf sich, dann auf den Bauch der tanzenden Nymphe. »Da rein«, wiederholt er. »Ein hübsches Töchterlein.« Wie alle Betrunkenen neigt Robert ein wenig zur Selbstüberschätzung.

Der Chinese macht ein bestürztes Gesicht und zeigt ebenfalls mehrmals nach unten. »Wie? Sie liegt schon unter der Erde? Deswegen hast du sie schwarz eingerahmt. Aber sie wirkt so lebendig! Du hast ein Mädchen gemalt, das noch eine Jungfrau ist, oder?« Er fasst sich an den Hinterkopf. »Warte mal, wenn sie schon unter der Erde liegt, dann ist es nicht gut, dass du sie nackt durch die Straße trägst. Tote brauchen Schutz, so wie die Bäume ihre Rinde brauchen.« Er übergibt Robert das Bild und rennt eilig zu seinem Häuschen.

Einen Augenblick später kommt er mit einem alten Kissenbezug wieder heraus. Er lässt sich das Bild geben und steckt es hinein. Es passt ganz genau. Zufrieden gibt der Chinese Robert das verpackte Gemälde zurück. »Jetzt ist es gut. Deine Schöne wird keine Erkältung mehr kriegen.«

Erst will Robert die Schutzhülle ablehnen. Doch dann fällt ihm ein, dass Tingyis Eltern sich vielleicht schämen werden, wenn sie ihre Tochter nackt sehen. Es wäre besser, wenn sie das Bild gar nicht zu sehen bekommen. Dafür ist die Verpackung genau das Richtige. »Danke«, sagt er und drückt dem Mann einen Zehn-Yuan-Schein in die Hand. »Wünschen Sie mir heute viel Glück.«

»Ja, gute Reise. Und bring das nächste Mal die schönste Frau von euch mit, die du gemalt hast, damit wir Frösche im Brunnen auch mal die Sterne des Westens erblicken!«

Tingyi kehrt nach dem Spaziergang mit Rao zum Restaurant zurück und merkt sofort, dass Fay und Robert verschwunden sind. Die Auskunft ihrer Schwester, dass Robert »noch etwas besorgen« wolle, durchschaut sie sofort als Lüge. Robert ist mit Fay weggegangen, und das kann nur eines bedeuten: Die zwei werden Sex haben. Tingyi versteckt ihren Kummer und macht gute Miene zum bösen Spiel. Der Abend ist fortgeschritten, einige sind schon gegangen, aber die Hälfte der Gäste ist immer noch da und hat sich nun um zwei Tische versammelt. Tingyi plaudert mal mit diesem, mal mit jenem und trödelt herum, in der Hoffung, dass Robert vielleicht doch noch zurückkehrt und mit ihr zusammen nach Hause geht. Aber als nur noch drei, vier andere Gäste übrig sind, beschließt sie zu gehen. Sie merkt nicht, dass sie mit den Tränen kämpft.

Zu Hause schauen die Eltern fern und warten mit frisch gekochter Ginseng-Suppe auf Tingyi und Robert. Als ihre

Tochter allein nach Hause kommt, macht die Mutter ein ungläubiges Gesicht und schaut im Korridor nach. Sie glaubt, die Kinder treiben ein Spiel und Robert versteckt sich irgendwo. Als sie erkennt, dass Robert tatsächlich nicht mitgekommen ist, schaut die Mutter ihre Tochter vorwurfsvoll an. »Hast du Rettichkopf schon wieder unterwegs verloren? Letztes Mal war es tagsüber, jetzt ist draußen pechschwarze Nacht. Wie soll er den Weg finden?«

Tingyi versucht die Eltern zu beruhigen. Robert sei doch kein Kind. Er komme auf der ganzen Welt zurecht und werde bestimmt bald zu Hause sein. Um sie von ihren Sorgen abzulenken, erzählt sie von seinem Vortrag und von der Feier. Als sie an die Stelle seines Verschwindens kommt, bricht sie jedoch plötzlich in Tränen aus. Es ist, als ob ihr erst jetzt, im Schutz der Eltern, bewusst würde, dass sie da draußen gedemütigt worden ist.

»Ich habe Robert für immer verloren«, weint sie bitter und versetzt den Eltern einen Schock. »Wer hätte gedacht, dass China ihm so gut gefällt. Es gibt überall Heuchler und böse Frauen, die ihm das Leben mit Honigworten versüßen und ihn zu verführen versuchen. Nun ist es so weit, dass er am letzten Tag unserer Reise nicht mehr an mich denkt und sich lieber irgendwo anders vergnügt. Jetzt ist alles aus.«

Bestürzt stehen die Eltern um die Tochter herum und versuchen sie zu trösten. »Das kann nicht wahr sein. So herzlos ist Rettichkopf nicht. Vielleicht ist ihm wirklich im letzten Moment eingefallen, dass er noch ein Geschenk für jemanden in Berlin braucht«, erklärt die Mutter.

»Weine nicht zu früh, Tingyi«, sagt der Vater, der den kühlsten Kopf von allen bewahrt. »Rettichkopf wird morgen zurückreisen wollen, da wird er heute schon nach Hause zurückkommen. Warte erst mal ab, was er sagt. Dann kannst du immer noch Tränen vergießen.«

»Geh und wasch dein Gesicht, damit Rettichkopf deine Tränen nicht sieht«, sagt die Mutter und schiebt die Tochter ins Bad. »Heute soll euer Glückstag sein. Also, weine nicht mehr, ja? Noch eins: Selbst wenn der Himmel herunterfallen sollte, streite heute nicht mit Rettichkopf, sondern sei nett zu ihm, ja?«

Kaum ist Tingyi im Bad verschwunden, da klingelt es an der Tür. Dann tritt Rettichkopf herein mit einem fröhlichen Gesicht, als hätte er einen ganzen Eimer voll Fische gefangen. Er ist etwas verblüfft, dass die Eltern beide mit solcher Herzlichkeit auf ihn zukommen, denkt sich aber nichts weiter dabei. Vielleicht liegt es daran, dass heute der letzte Tag ist. Er nickt ihnen zu und huscht eilig ins Gästezimmer. Einen Augenblick später erscheint er wieder im Wohnzimmer und strahlt. Vorhin war er voll bepackt, jetzt hat er die Hände frei.

Die Mutter lächelt ebenfalls und ruft nach Tingyi. Als ihre Tochter ins Zimmer kommt und ihren Freund zögernd begrüßt, verrät ihr die Mutter, Rettichkopf sei mit einem großen Paket zurückgekommen. Er habe also tatsächlich etwas besorgt, ganz wie er gesagt habe. Die Tochter solle ihren Kummer vergessen und lieb zu ihm sein.

Sie stehen im Zimmer herum und machen Konversation. Genauer gesagt, Robert berichtet den Eltern von seinen Erlebnissen und Tingyi übersetzt. Die Mutter lobt den jungen Mann und versucht ihm mit allen Mitteln zu zeigen, dass sie ihn unterstützt. Aber er spürt natürlich, dass Tingyi ihm misstraut, und fühlt sich wie ein Seiltänzer, der jederzeit abstürzen kann. Wenn er nur schon mit ihr allein wäre und ihr das Bild zeigen könnte!

Schließlich geht Li Hong in die Küche, um ihnen die duftende Ginsengbrühe zu bringen. Nachdem die beiden brav ausgetrunken haben, wirft der Vater einen Blick auf die Wanduhr, sagt gute Nacht und verschwindet im Schlafzimmer. Die

Mutter versteht den Wink und verabschiedet sich ebenfalls von dem jungen Paar. »Wir gehen schlafen. Das solltet ihr auch tun«, sagt sie und wirft Rettichkopf einen eindringlichen Blick zu. Aber Robert versteht nicht und bleibt stehen. Da schiebt die Mutter ihn auf Tingyi zu und zeigt ihm mit Gesten, dass er den Arm um ihre Tochter legen und sie ins Bett führen soll.

Rettichkopf lacht verlegen, tut aber, was die Mutter verlangt, und fasst Tingyi ganz sachte am Kopf. Sie lässt es geschehen.

Als sie allein in ihrem Zimmer sind, bemüht sich Tingyi nicht mehr um ein harmonisches Miteinander. Sie zieht sich rasch aus und legt sich im Nachthemd ins Bett. Robert ist etwas überrascht, dass es Tingyi so eilig hat. Wer hätte gedacht, dass sie so fügsam ist? Jetzt heißt es, das Eisen zu schmieden, solange es heiß ist – obwohl Tingyi eher kühl wirkt. Also erwähnt er noch nicht mal das Bild, das er unter das Bett geschoben hat, sondern zieht sich ebenfalls rasch aus und legt sich neben sie.

Als er sie streichelt, rührt sie sich nicht. Das kommt ihm wie ein gutes Zeichen vor, und er versucht, ihr die Fingerspitzen zwischen die Schenkel zu schieben. Da zieht Tingyi plötzlich die Beine an und verpasst ihm einen heftigen Tritt. »Lass mich in Ruhe! Da unten ist nichts mehr zu holen«, zischt sie – auf Chinesisch.

Der Stoß trifft ihn unerwartet. Er krümmt sich, und als er merkt, dass sie schon wieder die Beine anzieht, um noch einmal nach ihm zu treten, rollt er sich eilig beiseite und – plumps! – ist er vom Bett gefallen.

Einen Augenblick ist es ganz still.

Dann meldet sich Robert. »Oh weh. Ich glaube, du hast meine männliche Wurzel gebrochen«, stöhnt er.

Tingyi schaltet sofort das Licht ein, um nach ihm zu

schauen. Doch Robert liegt mit dem Gesicht nach unten, und sie kann den entsprechenden Körperteil nicht sehen. Also will sie Robert beim Aufstehen helfen. Aber der liegt da wie ein gefällter Baum und kommt nicht auf die Beine.

»Es tut mir leid«, sagt sie, den Tränen nahe. »Ich wollte dir doch nicht wehtun.« Als sie ihn mit aller Mühe aufs Bett gezerrt hat, beginnt sie, die kritischen Punkte zu untersuchen. Robert ist offenbar böse gefallen. Ihm tut es an der Hüfte brennend weh, als wäre der Beckenknochen zertrümmert.

»Was ist mit dir los?«, fragt er, fortwährend stöhnend. »Wieso bist du so feindselig?«

»Ach, ich weiß auch nicht. Ich habe Bauchweh und bin überhaupt nicht in der Stimmung, schwanger zu werden«, wimmert sie und küsst ihn entschuldigend auf die Stirn.

Robert hält die Luft an, als ob er eine Gräte im Hals hätte. Dann presst er die Hand auf die Augen und sagt lange nichts. Als er den Mund wieder aufmacht, klingt seine Stimme tiefer und rauer. »Ist gut ... wir machen es nicht, wenn du nicht willst.«

Langes Schweigen.

»Möchtest du gar nicht wissen, wo ich gewesen bin?«, fragt er schließlich.

Tingyi nickt, während ihre Hände ihn weiter massieren und streicheln.

»Ich hab dich gesucht«, sagt er.

Mit einer Stimme, die so leise ist wie das Sirren einer Mücke, gesteht Tingyi, dass sie einen kurzen Spaziergang mit dem Professor gemacht hat. »Ich hab ihn zum Auto gebracht.«

Robert hütet sich, etwas zu sagen. Er weiß, dass er besser keine Eifersucht zeigt, wenn er Tingyi nicht wieder wütend machen will. Er schweigt.

»Und du warst mit Fay unterwegs«, sagt Tingyi schließlich.

»Ja«, gibt er zu. »Wir waren in Professor Raos Büro.«

Jetzt ist es an Tingyi zu schweigen. Sie stellt sich alles Mögliche vor und muss sich sehr beherrschen, um nicht aus der Haut zu fahren. Schließlich setzt sie ihre Massage fort, als ob nichts wäre. »Was habt ihr da gemacht?«, fragt sie tonlos.

»Wir … haben ein Bild gesucht, das Professor Rao uns beiden geschenkt hat.«

»Er hat uns ein Bild geschenkt? Wie kommt er denn dazu?« Jetzt ist Tingyi beinahe eifersüchtig auf Robert. Wieso hat ihr Rao beim Abschied nichts davon angedeutet?

»Das wirst du gleich sehen. Ich glaube, es ist so eine Art … Hochzeitsgeschenk. Er hat gesagt, er wünscht uns viel Glück.«

Tingyi kann es nicht glauben. »Hast du sie geküsst?«, fragt sie plötzlich.

Habe ich mich irgendwo verraten? Habe ich Fays Lippenstift abgekriegt? Robert denkt blitzschnell nach. Dann sagt er mit gespielter Sicherheit: »Nee, nur so einen normalen Abschiedskuss zwischen Freunden halt.«

Aber der Augenblick des Schweigens war verdächtig genug. Tingyi stößt einen Seufzer hervor und stellt die Massage ein. »Willst du wirklich ein Kind von mir?«, fragt sie mit schwacher Stimme. »Du kannst alles noch stoppen. Wenn du dich in eine andere verliebt hast, musst du es vor mir nicht verbergen. Wir können uns jederzeit in Frieden trennen.«

»Wovon redest du? Bist du verrückt? Ich liebe dich, sonst niemanden.« Er setzt sich auf und greift nach ihrer Hand. »Willst du das Bild gar nicht sehen?«

Tingyi zögert. Wenn sie sich jetzt das Bild ansieht und das Geschenk annimmt, kann sie Robert nicht länger böse sein. Dann wird sie wahrscheinlich schwanger. Will sie das?

Ja.

Nein.

Ja.

Nein, sie will nicht mehr zweifeln. Sie denkt daran, was Professor Rao gesagt hat: Sie muss ihr Schicksal selbst in die Hand nehmen. Sie schließt für eine Sekunde die Augen. »Los, zeig schon das Bild«, sagt sie.

Robert greift unters Bett, stellt das Bild vor sie hin und entfernt dann den Kissenbezug.

Das Bild trifft Tingyi wie ein Blitz. Es ist, als wäre ihre Seele zurückgekehrt, um sich mit ihr zu vereinen. Eine heftige Hitze steigt in ihr auf. Sie verwandelt sich augenblicklich in eine andere. In eine begehrende, liebende Frau. Ihre Augen beginnen zu strahlen. Ihre Lippen öffnen sich wie eine kleine Knospe.

»Eine wunderschöne Frau«, sagt sie, als sähe sie eine Fremde. Lange kann sie den Blick nicht von der Tanzenden abwenden. Ihr Körper zittert ein wenig. »Mach das Licht aus, Roloko, ich habe genug gesehen.«

Dann schließt sie die Augen und wartet, dass Robert sie küsst.

Epilog

Tingyi ist in dieser Nacht schwanger geworden. Im Herbst bekam sie eine Tochter. Robert war überglücklich.

Auch heute ist Tingyi immer noch glücklich mit ihm. Und umgekehrt ist es genauso.

Danksagung

Ich bedanke mich herzlich bei der Robert-Bosch-Stiftung, die mir 2008 mit einem Arbeitsstipendium geholfen hat, den Roman ›Die Sterne von Shenzhen‹ zu beenden und diesen neuen Roman zu beginnen. Mein bester Dank gilt auch dem Berliner Senat, der mir 2009 mit einem Arbeitsstipendium ermöglicht hat, diesen Roman abzuschließen.

Luo Lingyuan im dtv

»Ihre kühlen Texte sind aufklärende zeitgeschichtliche Dokumente, die ins Diplomatengepäck jedes China-Enthusiasten gehören.«

Focus

ISBN 978-3-423-**24451**-0

ISBN 978-3-423-**24565**-4

ISBN 978-3-423-**24629**-3

ISBN 978-3-423-**24689**-7

Bitte besuchen Sie uns im Internet: www.dtv.de